KB193663

시가 세상에 맞설 때

시가
세상에
맞설 때

황종권 엮고 씀

마디북

그날 당신의 손에 시(詩)가 있었다

시가 생활 하나를 구하지 못한다는 것을 알면서도, 세상을 구할 수 있다고 믿는 사람이 있었다. 시의 아름다움을 읽어내지 못해도 탄광 속의 카나리아처럼 시대의 고통과 절규를 먼저 듣는 사람이 있었다. 권력이 사람을 죽이고, 시궁창 같은 현실로 옭아매어도 거리로 나서는 사람이 있었다. 일평생 누구 하나 가슴 아프게 하지 않았음에도, 주먹을 쥐고 폭력에 맞서는 사람이 있었다. 어쩌면 시가 세상에 맞선 게 아니라 시를 사랑하는 사람이 세상에 맞서왔는지 모른다.

하여, 시는 시가 사람을 사람답게 하고 세상을 세상답게 만드는 힘이라고 믿는 사람들의 것이다. 나는 이 책을 엮으면서 위대한 문학적 성취보다는 시로서 맞설 수밖에 없었던 사람의 마음을 먼저 보려고 했다. 국가가 개인의 자유를 억압하고, 목숨줄을 쥐고 흔들어도 훼손될 수 없는 마음에서 진정한 시의 의미가 비쳐왔기 때문이다. 이러한 의미에서 시의 정신은 본디 저항이다. 우리는 최근 비상계엄 사태를 보듯이 여전히 민주주의를 위협당할 수 있고, 국가적 횡포가 자행될 수 있는 세계에 살고 있다. 이 참혹한 세계에서 우리의 시는 씻을 수 없는 기록이자, 기억이었으며 다시 돌아온 역사에 대한 지혜를 가지고 있었다.

이 책을 엮는 내내 확신했다. 우리의 시는 예술적 가치는 물론이거니와 사회적 반향과 변화를 이끌어낼 수 있는 힘이 있다고. 적어도 진짜 반국가적 세력이 누구이며, 반헌법적이자 반역사적 폭거의 주체가 절대 이 세상의 주인이 될 수 없음을. 나는 내 눈으로, 시대의 몸으로 읽어내며 알았다. 그러나 밝혀둔다. 시는 선과 악이 아닌 진실의 편이며, 정치의 도구가 아니라 사람의 편이라는 사실을. 우리의 시는 시대가 위독할 때마다 가장 먼저 일어나 가장 먼저 사람을 지켰다. 이 책은 세상의 모든 폭력과 고통에 항거했던 사람의 이야기이며, 시로서 맞설 수밖에 없었던 사람의 숭고한 정신을 담았다.

불현듯 묻고 싶다. 시를 읽는 이유가 무엇이겠는가? 그것은 우리가 감동받는 사람임을 증명하기 위해서이다. 피맺힌 절규를 들으면서도 마음이 움직이지 않는 자는 죽은 자이다. 우리는 살아있기 위해 시를 읽고, 시가 살아있음으로 세상이 주는 모든 고통을 정면으로 마주할 수 있다. 부디 이 책에 실린 시들이 살아있는 사람을 만나서, 이 세상을 살만한 곳으로 만들어줄 수 있으면 좋겠다. 생명을 위협하고, 사람임을 포기한 것들에게 진정한 사람의 가치와 희망을 보여주길 바란다.

이 책에서 다루는 시들은 대부분 저작권자의 허락을 받거나 저작권협회 또는 출판사에 합당한 저작권료를 지불했다. 다시 한번 이 책의 의미를 이해하고, 소중한 작품을 허락해준 많은 분께 감사드린다. 어느 글자 하나, 어느 마음 하나 허투루 읽히지 않도록 좋은 작품 써주셔서 거듭 감사하다는 말을 남기고 싶다. 덕분에 나는 시의 지성소를 다시 지을 수 있었으며, 시가 맞선 자리에서 다시 깨어날 수 있었다.

혹시 사람 같지 않은 것들한테 분노했던 적이 있는가. 세상이 주는 고통에 아직도 신음하고 있는가. 내 가족과 친구를 잃었던 적이 있는가. 죽일 수 없는 희망을 보았던 적이 있는가. 살을 에는 추위에도 거리로, 거리로 나섰던 적이 있는가. 함께 나누고 싶은 이야기가 눈동자에 그렁그렁 맺혀 있는가?

그날 이 책이 만들어졌으며,

그날 당신의 손에 시가 있었다.

목차 ─────────────────────────────────────

2장 | 연대의 시 "눈과 귀와 마음을 열고"

3장 ㅣ 저항의 시 "한 치의 물러섬도 없이"

4장 | **희망의 시 "한 걸음 더 나아가리라"**

고함의 시

"세상에 외치다,"

학살 1

김남주

오월 어느 날이었다

80년 오월 어느 날이었다

광주 80년 오월 어느 날 밤이었다

밤 12시 나는 보았다

경찰이 전투경찰로 교체되는 것을

밤 12시 나는 보았다

전투경찰이 군인으로 교체되는 것을

밤 12시 나는 보았다

미국 민간인들이 도시를 빠져나가는 것을

밤 12시 나는 보았다

도시로 들어오는 모든 차량들이 차단되는 것을

아 얼마나 음산한 밤 12시였던가

아 얼마나 계획적인 밤 12시였던가

오월 어느 날이었다

1980년 오월 어느 날이었다

광주 1980년 오월 어느 날 밤이었다

밤 12시 나는 보았다

총검으로 무장한 일단의 군인들을

밤 12시 나는 보았다

야만족의 침략과도 같은 일단의 군인들을

밤 12시 나는 보았다

야만족의 약탈과도 같은 일군의 군인들을

밤 12시 나는 보았다

악마의 화신과도 같은 일단의 군인들을

아 얼마나 무서운 밤 12시였던가

아 얼마나 노골적인 밤 12시였던가

오월 어느 날이었다

1980년 오월 어느 날이었다

광주 1980년 오월 어느 날 밤이었다

밤 12시

도시는 벌집처럼 쑤셔놓은 심장이었다

밤 12시

거리는 용암처럼 흐르는 피의 강이었다

밤 12시

바람은 살해된 처녀의 피 묻은 머리카락을 날리고

밤 12시

밤은 총알처럼 튀어나온 아이의 눈동자를 파먹고

밤 12시

학살자들은 끊임없이 어디론가 시체의 산을 옮기고 있
었다

아 얼마나 끔찍한 밤 12시였던가

아 얼마나 조직적인 학살의 밤 12시였던가

오월 어느 날이었다

1980년 오월 어느 날이었다

광주 1980년 오월 어느 날 밤이었다

밤 12시

하늘은 핏빛의 붉은 천이었다

밤 12시

거리는 한 집 건너 울지 않는 집이 없었고

무등산은 그 옷자락을 말아올려 얼굴을 가려버렸다

밤 12시

영산강은 그 호흡을 멈추고 숨을 거둬버렸다

아 게르니카의 학살도 이렇게는 처참하지 않았으리

아 악마의 음모도 이렇게는 치밀하지 못했으리

- 『김남주 시전집』(창비, 2014)

― 12월 3일, 또 하나의 김남주들

전사라 불리는 시인이 있었고, 2024년 12월 3일 전사의 시가 되살아났다. 광주에서 서울로, 5월은 12월로, 12시는 11시로 바뀌었지만, 44년이 지나도 비상계엄의 공포와 전율은 그대로였기 때문이다. 대통령의 말 한마디에 우리가 수호하던 자유와 평등이 단번에 빼앗길 수 있다는 사실에 놀라지 않을 수 없었고, 또다시 마주한 국가 폭력 앞에서 전사 시인의 시 「학살1」을 떠올리지 않을 수 없었다. 비상계엄 선포에 따른 포고령 1호는 학살의 또 다른 이름이었으므로. 전사의 시는 그렇게 다시 살아난 것이다.

「학살1」은 감옥에서 광주 학살의 참상을 전해 듣고 울분과 비통 속에서 적어 내려간 시이다. 종이와 펜이 없어 은박지에 칫솔이나 못으로 썼다고 하는데, 마치 눈앞에서 보고 쓴 것처럼 학살의 현장이 실시간으로 그려진다. 옥중에 갇혀 갖은 고문과 가혹한 수사를 받으면서도, 시인의 영혼은 광주 학살의 현장에 있던 것이다. 직접 보고 경험하지 않아도 시인은 폭력의 배후를 알고 있었고, 쿠데타 세력의 주도면밀한 계획을 꿰뚫고 있었고, 군인들에 맞선 시민들의 정당한 저항을 옹호하고 있었고, 민중의 투쟁만이 폭압적인 사회를 바꿀 수 있음을 알고 있었다. 그 때문일까. 이 시는 5.18 민주항쟁의 명칭이나 성격을 어떻게 규정해야 하는지 모를 때 큰 반향을 일으키며 시대의 나침반 역할을 했다.

이후 44년이 지났지만, 12.3 비상계엄 때에도 전사의 시가 시대의 나침반 역할을 했다고 믿는다. 계엄령이 선포되자마자 국회로 달려간 시민들, 온몸으로 군용차를 막아섰던 시민들, 계엄군이 못 들어오도록 차를 세워둔 시민들, 1인 방송과 다양한 채널로 국회 상황을 알렸던 시민들. 모두 민주주의를 수호하는 전사들이었고, '악마의 음모'에 맞선 또 하나의 김남주들이었다.

낫은 풀을 이기지 못한다

민병도

숫돌에 낫날 세워 웃자란 풀을 베면
속수무책으로 싹둑! 잘려서 쓰러지지만
그 낫이 삼천리강토의 주인인 적 없었다

풀은 목이 잘려도 낫에 지지 않는다
목 타는 삼복 땡볕과 가을밤 풀벌레 소리,
맨살을 파고든 칼바람에 울어본 까닭이다

퍼렇게 벼린 낫이여, 풀을 이기지 못하느니
낫은 매번 이기고, 이겨서 자꾸 지고
언제나 풀은 지면서 이기기 때문이다

- 『고요의 헛간』(목언예원, 2023)

—그들은 결코 이기지 못한다

좋지, 얼씨구, 그렇지, 흥.

가락성이 뛰어나 추임새를 넣으며 읽게 되는 시이다. 추임새는 '추어주다', '칭찬하다'에서 유래한 것으로 알려져 있는데, 그 어원이 가리키는 것처럼 듣는 이가 말하는 이에게 크게 공감할 때 터져 나온다. 그렇다면 이 시의 공감하는 힘은 무엇인가. 바로 어떤 권력도 백성보다 강하지 못하다는 것이다. 낫이 아무리 강해도 "삼천리강토의 주인인 적 없"고 "풀은 목이 잘려도 낫에" 질 수 없다. 백성은 낫에 지는 것 같아도 결국 이기기 때문이다.

예로부터 권력을 쥔 자들이 반드시 마음속에 새겨야 한다고 전해지는 말이 있다. '수가재주 역가복주(水可載舟 亦可覆舟)'라는 고사성어다. 물은 배를 띄울 수도 있고 반대로 뒤집을 수 있다는 뜻인데, 우리나라 시민들을 보라. 민주주의에 반하고, 헌법을 준수하지 않고, 권력만을 휘두르는 자들에게는 가차 없이 배를 뒤집었다. 어떤 권력도 백성보다 오래 살아남지 못함을 뼈저리게 일깨워 주었다.

우리나라는 대통령은 헌법 제69조에 의해 취임 전 다음과 같은 선서를 하게 되어 있다. "나는 헌법을 준수하고 국가를 보위하며 조국의 평화적 통일과 국민의 자유와 복리의 증진 및 민족문화의 창달에 노력하여 대통령으로서의 직책을 성실히 수행할 것을 국민 앞에 엄숙히 선서합니다."

또 당선된 국회의원은 국회법 제24조에 따라 다음과 같은 선서를 한 뒤 활동할 수 있다. "나는 헌법을 준수하고 국민의 자유와 복리의 증진 및 조국의 평화적 통일을 위하여 노력하며, 국가이익을 우선으로 하여 국회의원의 직무를 양심에 따라 성실히 수행할 것을 국민 앞에 엄숙히 선서합니다."

책임의 무게가 절로 느껴지는 선서문이다. 하지만 나는 취임할 때 지키지도 못할 선서문보다 이 시를 낭송했으면 좋겠다. 세상의 주인은 배지를 단 자가 아니라 밑에서 "목 타는 삼복 땡볕과 가을밤 풀벌레 소리, / 맨살을 파고든 칼바람"을 견뎌낸 국민임을 알았으면 좋겠다. 그렇게 권력자들의 가슴에 시 한 편이 자리 잡을 수 있다면, 그 권력은 온전히 국민을 위해 쓰일 것이다.

슬픈 일만 나에게

박정만

사랑이여, 슬픈 일만 내게 있어 다오.
바람도 조금 불고
하얀 대추꽃도 맘대로 떨어져서
이제는 그리운 꽃바람으로 정처를 정해 다오.

세상에 무슨 수로
열매도 맺고 저승꽃으로 어우러져
서러운 한 세상을 건너다볼 것인가.

오기로는 살지 말자.
봄이 오면 봄이 오는 대로
가을이 오면 가을이 오는 대로
새 울고 꽃 피는 역사도 보고
한겨울 신설新雪이 내리는 골목길도 보자.

참으로 두려웠다.

육신이 없는 마음으로 하늘도 보며

그 하늘을 믿었기로 산천山川도 보며

산 빛깔 하나로 대국大國도 보았다.

빌어먹을, 꿈은 아직 살아 있는데

사랑하는 사람들은 서역에 자고

그 꿈자리마다 잠만 곤하여

녹두꽃 빛으로 세월만 다 저물어 갔다.

사랑이여, 정작 슬픈 일만 내게 있어 다오.

1987년 11월 18일

- 『박정만 시선』(지식을만드는지식, 2013)

― 결코 짓누를 수 없는 서정의 목소리

　박정만 시인은 정치도, 권력도, 이데올로기에도 크게 관심이 없었다. 오기에 차서 살지도 않았다. 그저 "봄이 오면 봄이 오는 대로 / 가을이 오면 가을이 오는 대로" 시를 살아냈을 뿐이다. 그러던 어느 날, 시인은 '한수산 필화사건'에 연루되어 보안사령부로 끌려가 모진 고문을 받는다. 그 후 그의 삶은 송두리째 망가진다. 보안사에서 당했던 치욕의 순간을 잊기 위해 밤낮 술독에 빠졌고 결국 1988년, 서울올림픽의 불이 꺼지던 날, 본인의 시처럼 '광활한 우주 속으로' 사라지고 만다. "정작 슬픈 일만" 스스로 껴안고 고통 밖으로 사라진 것이다.

　사인은 간경화지만, 그의 죽음은 누가 뭐래도 필화사건과 직접적으로 관련되어 있다. 아무 죄도 없는 시인을 감금하고, 고문하고, 영혼을 다 망가뜨려 놓았는데 보안사령관이었던 노태우는 대통령이 되고, 박정만 시인은 변기를 안고 싸늘하게 눈을 감았다. 아무리 참담한 시절이었다지만 그 누구도 처벌받지 않았다. 야만의 80년대라면 그런 개죽음은 얼마든지 당할 수 있다고 말할 뿐이었다.

　그리고 내가 진정으로 비통한 것이 있다. 박정만 시인은 타고난 서정 시인이었다. 소월의 한(恨)보다 시가 깊다는 평가는 아무나 받는

게 아니다. 안타깝게도 곡기를 끊고 두 달 동안 500병의 소주를 마신 이야기, 20여 일 만에 시 300편을 완성한 전설 같은 이야기가 박정만 시인을 대표하는 에피소드로 회자되지만, 그는 진정 서정 시인이었다. 심지어 시인은 유서를 통해 말했다. 자신은 사회 운동을 한 것도 아니고, 민주화 운동에 헌신하지도 않았음을 밝혀 달라고. 아마도 이 말은 진실을 왜곡하지 않고, 오직 시로만 평가받고 싶다는 의지일 것이다.

자, 이제 시를 다시 읽어보자. 야만의 폭력도 앗아가지 못한 시인의 목소리를 다시 들어보자. 고통보다 더 아름답게 빛나는 그의 서정을.

오버로크

이태정

중학교를 졸업하고 양장학원에 등록했다
학원 이름은 노라노
노라노, 노라노 발음하면
놀아 너, 놀아 너로 들렸다
놀고 싶은 청춘은 무럭무럭 자라 사춘기를 맞았고
그것을 누른 것은 노루발이었다

꽃무늬 원단에 그려진
하얀 초크선을 따라가다 보면
나비 한 마리가 날아와 앉았고
그런 날엔 내 마음도 꽃밭에 자리를 잡았다
나비와 함께 꽃길을 걷다 잠시 한 눈을 팔면
봉제선을 따라 손가락도 박음질 되었다
그렇게 우리들의 오후는 자주 피를 흘렸다
재단사의 가위질보다 정확하게 잘려 나간 하루
작업장에 폴폴 날리는 먼지를 꽃향기 대신 맡으며

먼지보다 가벼운 수다를 커피 한 잔에 타 마셨다

런닝구 한 장 입고 라디오에 귀를 열어놓으면

낭만적 우울이 속성으로 치유되던 시절에도

치유되지 않은 상처는 있었다

상처를 보듬으며 과부하 상태로 버티던 유일한 무기는

무쇠 같은 몸뚱이뿐이었다

수천 벌 치맛단과 바짓단을 뒤집으며

오버로크 박을 땐 힘이 솟았다

가느다란 실오라기들이 횡대로 드러누웠다

도로 위에 드러누운 시위대의 인간띠처럼

가늘게, 그러나 촘촘히 박혔다

-『포이동 이야기』(사회평론, 2012)

• 이 시는 제20회 전태일문학상 당선작입니다.

— 작은 창구멍을 통해 소리치는 사람들

노동은 무한했으나 인권에 대해서는 무지했던 시절, 전태일 열사가 있었음을 기억하게 한다. 한창 놀아도 모자란 나이에, '노루발'에 짓눌려 몸이 부서지도록 일해야 했던 평화시장 노동자들도 떠오른다. 전태일 열사는 산화하면서 어머니에게 이런 말을 남겼다. '내 목숨 하나를 바쳐서 작은 창구멍을 하나 만들 테니, 그 구멍을 보고 노동자와 학생들이 막 소리 지르며 달려갈 때, 그들과 함께 가장 앞에서 소리쳐' 달라고. 그렇다면 그 작은 창구멍이 얼마나 커졌을까. 목숨과 바꾼 작은 창구멍인데, 노동자가 숨 쉴만한 세상이 왔는가. 참담하지만 시인은 오지 않았다고 말하고 있는 듯하다. 아직 도로 위에는 인간띠를 두른 노동자들이 있고, 최저임금도 지급하지 않는 사업장이 수두룩하며, 성차별과 직장 내 갑질 등으로 인해 목숨을 저버리는 일도 많다. 그뿐인가. 일할 수 있는 권리조차 빼앗겨 최악의 실업률을 기록하고 있다. 노동자의 인권은 아직 멀기만 하다.

이 시는 '오버로크' 박는 행위를 통해 전태일 열사가 살아내야 했던 참혹한 노동 환경을 그리는 동시에, 여전히 바뀌지 않는 노동 현실을 우리 가슴에 한 땀 한 땀 박아내고 있다. 우리는 촘촘히 박히듯 기억해야 할 것이다. 자본주의의 지배와 맞서지 않으면, 정당한 저항을 하지 않으면, 우리는 사람이 아니라 노예와 다름없다. 하여, 나는 이 시를 전태일 열사가 준 정당한 저항의 시라고 부르고 싶다.

역사가 홀대받는 이유

전윤호

체면을 지키려는 두 왕이

농사짓던 백성들을 군인으로 징발하고

넉넉지도 않은 식량을 긁어모아서

전쟁을 한다

용감하게 돌격하는 군대의 뒤엔

후퇴하면 목을 베는 왕의 친위대가 있다

어느 정도 시체가 쌓여서

분이 풀리면

승패와 관계없이 왕들은 궁으로 돌아가고

신하들은 위대한 업적을 기록한다

돌보지 않는 눈밭엔 아녀자들만 울고 있다

경제가 사상 최대의 실적을 올렸다던 해에

우리 집은 빚만 늘었다

- 『천사들의 나라』(파란, 2016)

― 산에서 내려와 펜을 들었다

전윤호 시인을 생각하면 묵묵히 내리는 폭설 가운데 흰빛을 털어내는 반달가슴곰이 떠오른다. 유난히 큰 덩치 탓도 있지만, 그가 거느린 우직하면서도 순정한 언어가 멸종 위기의 천연기념물 같아서다. 그의 언어는 화려하거나 유려한 세계에 현혹되지 않으며, 시로서 서정의 산을 오롯하게 지켜내고 있다. 그런데 전윤호 시인이 그 첩첩산중의 고결함을 버리고 산을 내려올 때가 있다. 이 시처럼 백성이, 내 가족이 고통받을 때이다.

이 시는 알레고리 방식으로 창작되었다. 알레고리는 『이솝 우화』가 그렇듯이 현실을 풍자·비판하거나 교훈을 줄 때 주로 쓰인다. 표현하고자 하는 대상 자체를 반드시 빗대어야 해서, 미적이라기보다는 지적인 성격이 있다. 그런데 왜 미적 감수성이 뛰어난 시인이, 묵묵히 자신의 서정성을 지키던 시인이 알레고리 방식으로 시를 창작했을까.

시는 권력을 쥔 자들의 횡포와, 그 권력에 빌붙은 자들의 뻔뻔함과, 그 권력에 의해 피 흘리는 백성들의 고충을 드러낸다. 그리고 권력에 의해 기록된 역사는, 권력으로부터 사주받았기에 가장 중요한 민중의 삶을 홀대한다. 이 기나긴 권력 구조에 대한 통찰력은 알레고리의 방식이 아니고서는 표현하기 어렵다. 하여 그 권력과 폭력의 실체를 낱낱이 드러내기 위해 시인은 미적 의식의 엄격성을 버리고 알레고리의 방식으로 시를 써 내려간 것이다. 부정부패의 사슬을 끊고자 잠시 서정의 산을 내려온 것이다.

그러나 무엇보다도 이 시의 백미는 가장 마지막 구절에 있다. "경제가 사상 최대의 실적을 올렸다던 해에 / 우리 집은 빚만 늘었다" 날카로운 시의 언어가 폐부를 뚫고 들어온다. 정신이 번쩍 든다. 반복된 역사는 어느새 성큼 코앞으로 다가와 있다. 그리하여 반달가슴곰은 다시 산으로 올라가지 못하고 현실을 서성이고 있다. 나는 그 반달가슴곰이 반가우면서도 가슴 시리다.

대설주의보

최승호

해일처럼 굽이치는 백색의 산들,
제설차 한 대 올 리 없는
깊은 백색의 골짜기를 메우며
굵은 눈발은 휘몰아치고,
쬐그마한 숯덩이만한 게 짧은 날개를 파닥이며……
굴뚝새가 눈보라 속으로 날아간다.

길 잃은 등산객들 있을 듯
외딴 두메마을 길 끊어놓을 듯
은하수가 펑펑 쏟아져 날아오듯 덤벼드는 눈,
다투어 몰려오는 힘찬 눈보라의 군단,
눈보라가 내리는 백색의 계엄령.

쬐그마한 숯덩이만한 게 짧은 날개를 파닥이며……
날아온다 꺼칠한 굴뚝새가
서둘러 뒷간에 몸을 감춘다.

그 어디에 부리부리한 솔개라도 도사리고 있다는 것일
까.
길 잃고 굶주리는 산짐승들 있을 듯
눈더미의 무게로 소나무 가지들이 부러질 듯
다투어 몰려오는 힘찬 눈보라의 군단,
때죽나무와 때 끓이는 외딴집 굴뚝에
해일처럼 굽이치는 백색의 산과 골짜기에
눈보라가 내리는
백색의 계엄령.

- 『대설주의보』(민음사, 1995)

─다시 오는 시의 아픔

　보통 시대의 고통이 담긴 시는 당대의 무덤이 되기 쉽다. 시대가 사라지면 시도 사라지는 것이다. 그런데 국가가 폭압적인 권력을 휘두를 때마다 무덤을 뚫고 살아나는 시가 있다. 바로 「대설주의보」다. 이 시는 12.3 비상계엄 사태 있던 밤부터 계속 회자되며 죽지 않고 우리에게로 왔다. 신문, SNS, 블로거 등 사람의 눈동자가 모이는 곳이라면 어디든 '대설주의보'가 내리고 있다.

　다시 살아난 시는 왠지 우리를 지켜주는 수호신 같기도 하지만, 또다시 시대의 고통이 찾아온 것만 같아 그리 반갑지만은 않다. 차라리 아프다. 나는 이 시가 그렇다. 군부독재의 억압적 현실을 폭설로 빗대었지만, 지금의 현실과 빗대어도 다를 게 없다. 어떤 은유는 죽지 않는 현실과 늘 빗대어지기에, 제설차 같은 희망 하나 오지 않는다. 시가 살아서 왔기에 희망인가. 희망이 오지 않아 시가 왔는가. 나는 그 물음에 답하지는 못하지만, 이 시를 읽지 않고는 백태처럼 긴 어두운 세상을 읽어낼 수 없다.

착각

김명기

며칠 심한 몸살 앓은 몸을

볕 좋은 겨울 마당에 널어놓고

유기견 봄이와 길냥이 낙엽에게

간식을 나눠준다 길 위의 굶주림을

겪어본 목숨들이 차례를 지키며

한 번에 한 놈씩 입을 댄다

배려가 사람에게만 있다는 것은

얼마나 근본 없는 착각인지

종이 서로 다른 목숨도 능히

이해하는 이 간단한 문제를 놓고

죽어라 싸우는 것들은 인간뿐이다

- 『멸망의 밤을 듣는 밤』(아시아, 2024)

—좋은 시는 슬프고 슬프다

시인은 유기견 봄이와 길냥이 낙엽이를 통해 인간만이 격(格)이 있는 존재가 아님을 환기한다. 오히려 죽자고 싸우는 건 인간밖에 없으니 착각에 빠지지 말라고 경종을 울린다. 시를 읽어낼수록 그렇다. "종이 서로 다른 목숨"은 굶주림을 겪을수록 차례차례 먹어야 함께 살 수 있음을 아는데, 인간은 함께 살 수 있는 방법을 알고 있음에도 죽어라 싸움부터 한다. 도대체 왜 인간은 죽자고 싸움부터 하는 것일까. 아마도 폭력은 손쉬운 선택이지만, 이해와 연대는 어렵고 시간과 품이 많이 들기 때문일 것이다.

민생 안정, 경제 안정화에는 여야가 없다고 말하면서도 주도권을 잡고자 싸우는 것들을 본다. 비상식과 몰상식으로 일관하며 간단한 문제를 어렵게 끌고 가는 것들을 본다. 착각의 착각을 살면서 국민 위에 군림하려는 자를 본다. 처벌받지 않기 위해 온갖 법 기술을 가져오는 것들을 본다. 법원을 부수고 판사를 잡으려고 하고 심지어 방화까지 하려는 자들을 본다. 개만도 못하다는 말이, 쓰레기봉투를 헤집은 고양이보다 못하다는 말이 자꾸 터져 나올 것 같다.

좋은 시를 보면서 슬프다. 작금의 대한민국이 너무나 잘 보이기 때문이다. 이 시는 몇 줄 안 되는 호흡으로 단번에 주제를 드러내고 무궁무진한 확장력을 보여주는데, 나는 시국에만 맞춰서 보게 된다. 아름다운 시에 눈이 멀고 싶은데, 시국에 눈이 먼저 멀어버린다. 시적 감동을 느끼면서도, 현실을 생각하면 억장이 무너져 버린다. 좋은 시가 좋은 시로만 읽힐 수 있도록, 착각 없는 세계가 하루빨리 왔으면 좋겠다.

맑고 흰죽

변희수

불편해지면
죽을 끓입니다

식사라고 하기엔 좀 그렇지만 가볍게 훌훌 넘기고 싶다
는 말
어제의 파도는 우물우물 삼켜도 된다는 그 말

그게 잘 안돼요
부드럽게라는 말이 목에 걸려요

당분간 절식이나 금식
이상적인 처방이라는 거 알아요 미련이 생겨서
나는 죽을 먹습니다

맑고 흰죽을

한 숟가락 또 한 숟가락

돌아서서 코를 풀었죠

조금 맑아졌다는 뜻이지만

눈물은 짜니까

빨간 눈으론 돌아다닐 수 없으니까

그런 날은 손바닥마다 노란 가시 선인장꽃

울지 않은 척 했어요

엎혔을거라고 수근거릴 때마다

이 고비는 무사히 넘길 수 있을까

생각에 걸려

어제도 오늘도 삼키죠 백번도 더 생각하죠

죽이고 죽이다 보면 또 다시 죽

이렇게 맑고 흰죽

목이 메여요 달랑 죽 한 그릇인데

눈이 부셔요

새로 태어난 것처럼

몸속을 돌아다니는 물기가

어제의 죽이라 하겠지만

밤마다 복닥복닥 탕! 탕!

죽 끓이는 시간이 또 다시 찾아오고

죽은 조금만 쑤어도 넘치게 한 솥이에요

후회도 한 솥 미움도 한 솥이어서

나는 먹고 또 먹을 테죠

다행이다 싶지만

맑고 흰,

무명의 시간들

좀 서운해요 돌아서면 고프고

어떻게든 달래고 싶은데

받는 게 이것밖에 없는 이 속이

내 속이 그렇다는 거죠 지금

- 『제주4·3평화문학상 수상시집』(한그루, 2023)

• 이 시는 제8회 제주 4·3평화문학상 당선작입니다.

─목이 메도록 맑고 흰죽을 앞에 두고

목이 멘다. 시인은 맑고 흰죽을 먹듯 부드러운 어조로 말하지만, "부드럽게라는 말이 목에 걸려" 무명천 천 개로 입을 틀어막는 것 같다. 모두 알아야 하고, 알 것이다. 이 시는 제주 4·3사건 피해자, 무명천 할머니(故 진아영)의 비극적인 일상을 담고 있다. 턱에 총상을 입어, 일평생 무명천을 두르고 다녔던 할머니는 제주의 아픈 얼굴이자 한국 현대사에서 가장 슬픈 초상이다.

거대한 역사의 상처를 다루는 시는 비극의 시선 안에 갇히거나 상처에 민감하게 반응해 목소리를 키우는 경우가 많다. 제8회 제주4·3평화문학상 심사위원들도 한목소리로 "작품에 투영된 작가의 시선들이 대체적으로 4·3을 피상적이거나 관념적으로 보는 경향에서 크게 벗어나지 못하고 있다는 점"을 한계로 들었다.

하지만 변희수 시인의 시는 다르다. 시인의 언어는 거대한 역사적 사실보다는 턱과 이가 없어 일평생 위장병과 영양실조를 겪어야 했던 구체적이면서도 애잔한 인간의 삶을 그리고 있다. 무명천 할머니는 총을 맞던 날처럼 "어제의 파도"를 "우물우물 삼켜" 보지만 흰죽조차 목에 걸리는 나날을 보내며 서운함을 달랜다. 이렇듯 '맑고 흰

죽'이라는 음식은 역사의 통점을 환기한다. 죽은 "죽이고 죽이"는 제주 4·3사건의 비극을 상징하는 동시에, 그 비극을 삼켜야만 또 살아낼 수 있는 인생의 아이러니를 보여준다. 때문에 이 시는 눈으로 읽어지는 것도 아니고, 마음으로 읽어지는 것도 아니고, 목이 메도록 읽어지는 것이다.

유류품

김주대

끈 풀린 운동화가 돌아왔다
운동화 속에는 아기 발목이 없다

먼 길
혼자 걸어갔을 발목을 생각하며 8년
아직도 숨을 참고
물속을 우는 엄마

끈 풀린 운동화만 돌아와
집안을 걸어다닌다

―죽지 않는 슬픔

작은 이야기가 떠오르는 시다. 딸은 엄마한테 메이커 운동화를 사달라고 사흘 밤낮을 졸랐다. 엄마는 그 조름이 마음에 걸려 좋아 보이는 운동화만 보이면 얼마냐 물어보고 다녔다. 딸이 수학여행을 가던 날, 엄마는 큰맘 먹고 산 메이커 운동화를 딸한테 내밀었다. 좋은 신발은 좋은 곳으로 데려가 준다는 말도 남겼다. 그런데 이걸 어떡하나. 생때같은 딸은 오지 않고 "끈 풀린 운동화"만 집으로 왔다. 8년째 딸은 돌아오지 않는데, 운동화만 가슴에 못을 박듯 매일 집안을 걸어 다니고 있다. 누군가는 지겹지 않냐고 했고, 누군가는 어쩔 수 없다고 했고, 누군가는 시체팔이라고 했다. 그러나 엄마의 시계는 4월 16일에 멈췄다. 물속으로 들어가, 숨을 참고, 죽지 않는 슬픔을 살게 되었다.

남미 어느 나라에서는 사람은 세 번에 걸쳐 죽는다고 믿는다. 심장이 멈출 때, 땅속에 묻힐 때, 모든 사람의 기억에서 사라질 때 죽음이 완성된다는 것이다. 딸은 엄마의 기억 속에서 아직 살아있다. 엄마는 죽지 않는 슬픔으로 홀로 걸어갔을 딸의 발자국 소리를 여전히 가슴으로 떠메고 있다. 진상규명 없이는 죽음의 완성도 없다고, 아직도 팽목항으로 거리로 나서는 중이다.

아무도 슬퍼하지 않는 고독사

방 안쪽에서도 문을 잠글 수 없는 닭장 같은 방에
늘 홀로 강물처럼 흘러가던 그가
해안으로 떠내려온 나목처럼 누워 있다

제 이름조차 쓰지 못하던 저 손가락,
햇볕 한번 쬐 보지 못한 발바닥은 빙하의 계곡보다
군살이 더 두꺼워 보인다
옆구리는 용암이 흐르다 굳은 것처럼 주름져 있다
괘종시계가 다섯 번의 초혼을 부르는 오후
서늘한 광목천으로 덮인 그에게
낯선 쉬파리 몇 마리만 문상객으로 찾아왔다
방바닥에 납작 엎드려 두 손이 닳도록 비비며
극락왕생을 빌던 그들마저 돌아갔다.
땀에 늘 젖어 있던 몸, 말려 보지 못하고 떠난 사내
전세 계약서에 도장 한 번 찍어보지 못했을, 그리고
지상에 제 발자국 하나 제대로 남겨 보지 못한 채

목관 속에 몸을 눕혔다

그의 마지막 가는 길에 어둠을 풀어내던 하현달이

납빛 얼굴로 바라볼 뿐, 아무도 슬퍼하지 않는 몸,

마지막 숨을 들이켤 때까지

혼밥하던 식탁 위의 숟가락, 유난히 차가워 보인다

비가 무엇을 알고 있다는 듯이

온종일 내린다

공사장에서 흘리던 그의 땀줄기처럼 비가 내린다

- 『물의 발톱』(천년의시작, 2024)

─누구도 외롭고 쓸쓸하지 않게

"해안으로 떠내려온 나목처럼" 서러운 물결 다 새겨 넣고도 어느 한 줄 기록할 수 없는 생이 있다. 제 안의 울음, 땀으로 땀으로만 흘리며 차갑게 식은 숟가락을 입으로 밀어 넣는 슬픔이 있다. "닭장 같은 방"에서 싸늘한 주검이 되어도 "쉬파리 몇 마리만" 나부끼는 목숨이 있다.

고독사는 고독생을 지켜내지 못한 우리 이웃의 죽음이다. 고독사 예방법이 시행된 지 몇 년이 흘렀지만, 여전히 지켜내지 못한 목숨이 수두룩하다. 고독사에 대한 명확한 정의가 이루어지지 않았을 뿐만 아니라, 고독사를 판단할 구체적인 기준조차 정해져 있지 않기 때문이다. 우리나라는 고독사 문제를 입법으로 접근하지만, 영국·독일·일본 등은 외로움과 사회적 고립 등을 포괄적으로 다루며 정책적으로 대응한다. 지금도 웅장한 건물 안에서 권력을 놓치지 않기 위해 악다구니를 쓰고 있는 그분들이, 부디 잠깐만 눈을 돌려 소외된 사람들을 바라봐 주었으면 좋겠다. 누군가에게는 '퍼주기'일지 몰라도, 누군가에게는 하루라도 쉬어 갈 수 있는 '최후의 보루'임을 알아봐 주었으면 좋겠다. 부디 우리 이웃, 그 누구도 외롭고 쓸쓸한 죽음이 없었으면 좋겠다.

이 시를 읽는 내내 어떤 시인은 "아무도 슬퍼하지" 않는 죽음을 끝까지 애도하는 자라는 것을 알았다. 한 편의 시는 하나의 목숨을 끝까지 바라봐주는 일이란 것도 알게 되었다.

석유시추사업과 시

우리나라 어느 곳에

상당량의 석유와 가스가 매장돼 있을 가능성이 있다고

그래서 그것과 관련된 시추사업으로

곳곳에서 논란이 한창 불거질 때

몇 번을 들어도 내게는 그게

고래와 상어, 온갖 물고기들의 뼈아픈 내력과 검은 눈물이

오랜 세월 바다를 떠돌다 석유로 변해

그곳에 매장돼 있다는 것으로 들리고

또 그렇게 이해됐다

결국 물고기들의 비릿한 역사가 쌓이고 쌓여

석유를 만들고

그들의 기나긴 한숨이

가스로 누적된 거라는 생각에까지 이르게 됐다

시상詩想이라는 것이 시인의 영혼과 육체를
오랫동안 피처럼 돌고 돌다
맥박처럼 뛰고 숨처럼 안팎을 드나들다
어느 날 번뜩 시로 솟구치듯이

오늘도 뉴스에서 말하는 석유시추사업이
시 사업으로 자꾸 들리는 나는

바다에 매장된 석유를 위해 온 나라가 들썩이듯
그만큼의 대대적인 환호는 아닐지라도
시인이 시를 발표할 때마다 몇몇 작품 정도는
매스컴에서 다뤄줘야 하는 게 아닌가 싶다

눈빛이 반짝인다거나
가슴에 따스한 물이 고이고 있음은 마다하더라도

시 한 편이
얼마나 깊고, 어둡고, 오래된 마음의 지하에서 퍼 올리
는지를
잘 안다면

그리고 그 시가

죽어가는 사람에게

희망을 건네기도 한다는 걸 깨닫는다면

- 『〈웹진시산맥〉가을호』(2024)

― 향기로운 오독의 아찔함으로

석유시추사업은 그야말로 돈과 기술, 욕망이 집약된 결정체. 이를 바라보는 시인의 시선은 자못 신비롭다. 인간의 검은 욕망이 적나라하게 드러나는 것을 보면서 "고래와 상어, 온갖 물고기들의 뼈아픈 내력과 검은 눈물"부터 읽어낸다. 그리고 마침내 아름다운 오독이 시작된다. "석유시추사업"을 "시 사업"으로 읽은 것이다. 시커먼 진흙탕 속에서도 더럽혀지지 않는 연꽃처럼, 시인의 오독은 향기롭기 그지없다.

어쩌면 석유시추사업이 인류 발전에 이바지한 것보다 마음의 아주 깊은 곳에서 길어 올린 시 한 편이 인류를 구했던 것은 아닌지. 검은 욕망으로 뒤덮인 사람을 이해하게 만들고 희망을 실연하게 만든 건 건 시가 아니었는지. 이 시는 마침내 향기로운 오독으로 우리의 코끝을 간지럽힌다.

새들도 세상을 뜨는구나

황지우

영화가 시작하기 전에 우리는

일제히 일어나 애국가를 경청한다

삼천리 화려 강산의

을숙도에서 일정한 군을 이루며

갈대 숲을 이륙하는 흰 새떼들이

자기들끼리 끼룩거리면서

자기들끼리 낄낄대면서

일렬 이열 삼렬 횡대로 자기들의 세상을

이 세상에서 떼어 메고

이 세상 밖 어디론가 날아간다

우리도 우리들끼리

낄낄대면서

깔쭉대면서

우리의 대열을 이루며

한 세상 떼어 메고

이 세상 밖 어디론가 날아갔으면

하는데 대한 사람 대한으로

길이 보전하세로

각각 자기 자리에 앉는다

주저 앉는다

— 『새들도 세상을 뜨는구나』(문학과지성사, 1983)

—여전히 유능한 시

대학 새내기 시절이었을 것이다. 내가 황씨라고 말하면 시 쓰는 선배들은 똑같은 말을 했다. 황씨 중에 가장 유능한 시인은 황지우다, 반드시 읽어야 한다. 그래서 읽었다. 시를 생각하는 것만으로도 무언가에 감전된 듯 전율하던 시절이었으니, 가장 유능한 황씨 시인의 시를 읽으면 백만 볼트의 전류가 흐를 것도 같았다. 그런데 읽는 내내 당혹스러움을 감출 수 없었다. 시가 아니라 무슨 암호문 같았고, 언어가 아니라 도표나 특수문자, 그림들에 더 눈이 갔다. 아예 백지인 시도 있었다. 당혹스러워 시가 왜 이러냐고 물으면, 선배들은 황지우의 유능함은 해체시에서 나온다고 했다. 시간이 흘러 지금은 해체시에 대해 누구보다 유능하게 수업을 할 수도 있고, 시류와 연결해 나름의 평가도 할 수 있다. 그러나 새내기 시절의 내게 황지우는 완전히 다른 차원의 시를 구사하는 시인이었다.

오늘 여기서 다시 황지우 시인을 읽는 까닭은 이 책이 세상에 맞선 시를 중심으로 엮었기 때문이다. 시인은 전통적인 시 문법을 부수고 전위와 실험으로 시대에 저항했을 뿐만 아니라, 국가로부터 받은 우리의 감정을 실감 나게 표현했다. 문학적이지 않은 방식으로 가장 문학적인 시인이 누구냐고 묻는다면 나는 반드시 황지우라 답할 것이다.

「새들도 세상을 뜨는구나」는 지극히 개인적인 문화 향유 공간에서조차 애국가를 경청해야 하는 억압적인 현실을 드러내고 있다. 개인의 여가 활동마저 통제하던 군부독재의 어두운 그림자가 보인다. 시의 화자는 어두운 그림자를 버리고 "흰 새떼들"처럼 자유롭게 날아가고 싶다. 그러나 현실은 "각각 자기 자리에"서 주저앉을 수밖에 없다. 개인 인권을 존중하는 민주주의의 나라가 아니었기 때문이다.

그렇다면 지금은 바뀌었는가. 국가는 예술인의 표현을 감시하고 제재하기 위해 '문화예술인 블랙리스트'를 만들었다. 정권의 입맛에 맞지 않는 예술인들은 국가 지원 사업에서 배제하고 배를 쫄쫄 굶겼다. 80년대와 똑같다고 할 수 있다. 어떤 철학자의 말처럼 '예술은 사회를 재현하고 비판함으로써 궁극적으로 모든 종류의 억압으로부터 자유롭게 만들어야' 함에도 제일 먼저 손과 발을 묶으려 했다. 노벨문학상, 황금종려상을 받을 만큼 위대한 예술인이 있는 나라에서 말이다. 이 시는 분명 새내기 때 읽었던 시인데, 지금 읽어도 무엇이 바뀌었는지 끝없이 묻게 한다. 이 시가 아직도 유효하고 유능한 이상, 자유민주주의의 나라는 아직 오지 않았다.

서민생존헌장*

하린

나는 자본주의 중흥의 역사적 사명을 띠고

서민으로 태어났다.

조상의 빛난 가난을 오늘에 되살려,

안으로 신용불량자의 자세를 확립하고,

밖으로 약소국 공영에 이바지할 때다.

이에, 우리의 나아갈 바를 밝혀 생존의 지표로 삼는다.

성실한 출근과 튼튼한 육체로,

저임금 기술을 배우고 익히며,

타고난 저마다의 출신을 계산하여,

우리의 처지를 약진의 발판으로 삼아,

기초수급자의 힘과 월세의 정신을 기른다.

번영과 질서를 앞세우며 일당과 시급을 숭상하고,

비정규직과 아르바이트에 뿌리박은 상부상조의 전통을

이어받아,

명랑하고 따뜻한 헝그리 정신을 북돋운다.

우리의 창의와 협력을 바탕으로 대기업이 발전하며,

부유층의 융성이 나의 발전의 지름길임을 깨달아,

하청에 하청에 따르는 책임과 의무를 다하여

스스로 잔업 전선에 참여하고 월차를 반납하는 정신을
드높인다.

부자를 위한 투철한 시다바리 따까리가 우리의 삶의 방
식이며,

자유주의의 이상을 실현하는 기반이다.

길이 후손에 물려줄 영광된 가난의 앞날을 내다보며,

신념과 긍지를 지닌 근면한 서민으로서,

조상의 궁핍을 모아 줄기찬 노력으로,

새 빈민을 창조하자.

* 1968년에 선포된 「국민교육헌장」 패러디

– 『서민생존헌장』(천년의시작, 2015)

─ 지옥의 새 빈민들을 위한 헌장

보통 패러디는 원작을 조롱하거나 우스꽝스럽게 만들려는 의도로 두 작품을 대조시킨다. 그렇다면 이 시는 1968년에 선포된 「국민교육헌장」과 대조되어 그 선포가 얼마나 무서운 국가주의적 이데올로기와 파시즘의 문제를 안고 있었는지 조롱하듯 여실히 드러내야 한다. 그런데 이 시를 읽다 보면 우습긴커녕 차라리 간담이 서늘하다. 시간이 많이 흘렀음에도 여전히 살기 어려운 서민의 민낯이 떠오르기 때문이다.

이 시는 패러디 방식으로 과거와 현재를 동시에 비판한다. 과거 독재정치는 개인이 추구할 수 있는 삶과 행복을 억압했다. "우리는 민족중흥의 역사적 사명을 띠고 이 땅에 태어났다"는 「국민교육헌장」의 첫 문장은 아무리 읽어봐도 개인이 존재하지 않는다. 민주주의 근간은 개인의 자유와 평등 추구인데, 「국민교육헌장」은 오직 집단의 소명을 위해 개인을 학살한다. 지금은 어떠한가. 자유라는 명목하에 국가가 국민을 방임할 뿐만 아니라 오직 있는 자들만 배부르게 하고 있다. 국가가 오히려 '인간답게 살아갈 권리'를 포기하게 만들고, 모든 책임은 개인한테 돌리며, "새 빈민을 창조하"고 있다.

단테는 『신곡』에 이렇게 적었다. "여기 들어오는 너희 모든 희망을 버려라." 나는 단테가 보는 지옥문과 우리 서민들이 보는 대한민국이 다르지 않다고 생각한다. 지옥 같은 시대가 끝났지만, 또 다른 지옥이 찾아왔다. 아무리 "신념과 긍지"를 가져도, "줄기찬 노력"을 해봐도 궁핍의 반복은 벗어날 수가 없다. 그 때문일까. 나는 이 시를 볼 때마다 살아있는 지옥을 보는 것 같다. 돌이킬 수 없을 정도로 열려버린 지옥문을 보는 것 같다. 패러디는 본디 비판을 통해 반성을 촉구하는 방식이라는데, 눈과 귀를 닫아버린 이들에게는 무엇을 기대할 수 있을까. 왠지 희망을 버려야만 이 지옥을 '새 빈민'이란 이름으로 살아낼 수 있을 것 같다.

연 대 의 시

"눈 과 귀 와 마 음 을 열 고„

이제야 꽃을 든다

이문재

이름이 없어서
이름을 알 수 없어서 꽃을 들지 못했다
얼굴을 볼 수 없어서 향을 피우지 않았다

누가 당신의 이름을 가렸는지
무엇이 왜 당신의 얼굴을 숨겼는지
누가 애도의 이름으로 애도를 막았는지
누가 말해주지 않아도 우리는 안다

당신의 이름을 부를 수 있었다면
당신의 당신들을 만나 온통 미래였던
당신의 삶과 꿈을 나눌 수 있었다면
우리 애도의 시간은 깊고 넓고 높았으리라

이제야 꽃 놓을 자리를 찾았으니
우리의 분노는 쉽게 시들지 않아야 한다

이제야 향 하나 피워올릴 시간을 마련했으니

우리의 각오는 쉽게 불타 없어지지 않아야 한다

초혼(招魂)이 천지사방으로 울려 퍼져야 한다

삶이 달라져야 죽음도 달라지거늘

우리가 더불어 함께 지금 여기와 다른 우리로

거듭나는 것, 이것이 진정 애도다

애도를 기도로, 분노를 창조적 실천으로

들어 올리는 것, 이것이 진정한 애도다

부디 잘 가시라

당신의 이름을 부르며 꽃을 든다

부디 잘 사시라

당신의 당신들을 위해 꽃을 든다

부디 잘 살아내야 한다

더 나은 오늘을 만들어 후대에 물려줄

권리와 의무가 있는 우리 모두를 위해 꽃을 든다

—추모시 없는 세상을 꿈꾸며

사람이 가진 신체 기관 중 가장 뜨거운 기관은 어디일까. 나는 눈이라고 생각한다. 오죽 뜨거우면 눈물을 흘리겠는가. 눈물은 우리 내부에 끓는점이 있으며, 영혼에도 온도가 있음을 말하는 증거다. 나는이 시를 읽는 내내 영혼이 끓는 듯 눈시울이 뜨거웠다. 희생자는 있고 책임자는 없는 세상, "애도의 이름으로 애도를 막는" 세상, 사람을살리는 시보다 추모시가 더 많은 세상을 살고 있어서였다.

이태원 참사 추모시인 「이제야 꽃을 든다」는 꽃을 드는 행위를 통해 진정한 애도의 의미를 묻는다. 여기서 말하는 꽃은 분노로서 시들지 않은 꽃이자, "창조적 실천"으로만 들어 올릴 수 있는 꽃이다. 어여쁜 상징이 아니라, 죽음을 다르게 적을 수도 있는 목숨으로 밀어올린 꽃이다. 참사는 서로 연결되어 있음에도, 잔인하리만큼 반복된다. 국민의 생명과 안전을 지키는 일이 국가의 가장 큰 책무임에도철저하게 정치의 눈으로만 해석하려고 한다. 그런 눈에는 영혼의 끓는점이 없고 눈물이 없다. 눈물이 없으므로 유가족과 생존 피해자의슬픔을 함께할 수 없고 차라리 왜곡한다.

우리는 우리의 눈과 귀를 닫는 자들을 위해 꽃을 들 것이다. 오히려 책임자를 옹호하는 부패하고 무능한 정부를 위해 꽃을 들 것이다.

반복되는 참사를 막기 위해 꽃을 들 것이다. 슬픔과 연대하기 위해

꽃을 들 것이다. 꽃이 더 이상 참혹한 계절의 상징이 아니도록 꽃을

들 것이다. 추모시가 없는 세상을 위해 꽃을 들 것이다.

사람값

송경동

'집값'이 아닌 '집'이 소중한 사람이 되게 하소서

'학벌'이 아닌 '상식'이 소중한 사람이 되게 하소서

드높은 '명예'보다 드러나지 않는 '평범'을 귀히 여기는
사람이 되게 하소서

'소수의 풍요'보다 '다수의 행복'을 우선하는 사람이 되
게 하소서

'독점과 지배'보다 '공유와 사랑'이 필요한 사람이 되게
하소서

'사람'만이 최고라는 생각을 버리고 살아 있는 모든 것
앞에 경배하는 새로운 인간종이 되게 하소서

- 『내일 다시 쓰겠습니다』(아시아, 2023)

─ 이름을 부르는 것만으로도

송경동 시인이라는 이름만 불러보아도 나는 '사람값'을 참 못하고 사는 것 같다. 집보다 집값에 연연하고, 평범한 삶보다 근사한 삶을 원하기 때문이다. 다수의 행복보다는 내 가족이나 잘 지키자는 요량이고, 사랑하며 살고 싶으나 사랑 때문에 포기하는 게 많지, 이겨내는 것은 드물다. 내가 진실로 사람값 못한다고 여기는 이유는 위의 문장 중에 어느 것 하나 거짓이 없다는 데 있다.

아무리 다시 송경동 시인을 생각해봐도 부끄러움은 부끄러움이 되고, 비겁함은 비겁함이 되고, 안일한 양심은 안일한 양심이 된다. 시인의 언어는 핑계나 궤변 따위는 통하지 않는 오롯한 감정의 현장으로 나를 데려다준다. 나는 이것이 송경동 시인의 힘이라고 생각한다. 그가 구속되었을 때 김소연이 시인이 그랬던가. "시인의 죄목은 시인들의 안이한 양심을 자꾸만 건드린다는 것에 있다"라고. 크게 동의하는 바다. 송경동 시인은 괴로울 정도로, 움직이지 않는 양심을 움직이게 만든다.

이 시는 오직 송경동 시인이 썼으므로, 사람값 못하는 것들한테 경종을 울린다. 모든 폭압과 폭력과 차별에 반대한 몸의 언어이자,

사랑과 연대와 정의를 꿈꾸는 진실의 언어이기 때문이다. 진실의 언어는 심장으로 곧장 온다. 기도 형식을 갖춘 시여서, 내 안에 흩어지고 버려진 양심을 그러모으는 힘도 있다. 부디 시인의 기도가 세상에 닿아 진실로 인간다움을 회복하는 "새로운 인간종"을 만났으면 한다. 그러기 위해선 일단 나부터 사람값을 해야겠다.

빼앗긴 들에도 봄은 오는가

이상화

지금은 남의 땅―빼앗긴 들에도 봄은 오는가?

나는 온몸에 햇살을 받고

푸른 하늘 푸른 들이 맞붙은 곳으로

가르마 같은 논길을 따라 꿈속을 가듯 걸어만 간다.

입술을 다문 하늘아 들아

내 맘에는 나 혼자 온 것 같지를 않구나

네가 끌었느냐 누가 부르더냐 답답워라 말을 해 다오.

바람은 내 귀에 속삭이며

한 자욱도 섰지 마라 옷자락을 흔들고

종다리는 울타리 너머 아씨같이 구름 뒤에서 반갑다 웃네.

고맙게 잘 자란 보리밭아

간밤 자정이 넘어 내리던 고운 비로

너는 삼단 같은 머리를 감았구나 내 머리조차 가뿐하다.

혼자라도 가쁘게나 가자

마른 논을 안고 도는 착한 도랑이

젖먹이 달래는 노래를 하고 제 혼자 어깨춤만 추고 가네.

나비 제비야 깝치지 마라

맨드라미 들마꽃에도 인사를 해야지

아주까리 기름을 바른 이가 지심 매던 그 들이라 다 보고 싶다.

내 손에 호미를 쥐여 다오

살찐 젖가슴 같은 부드러운 이 흙을

발목이 시도록 밟아도 보고 좋은 땀조차 흘리고 싶다.

강가에 나온 아이와 같이

짬도 모르고 끝도 없이 닫는 내 혼아

무엇을 찾느냐 어디로 가느냐 우스웁다 답을 하려무나.

나는 온몸에 풋내를 띠고

푸른 웃음 푸른 설움이 어우러진 사이로

다리를 절며 하루를 걷는다 아마도 봄 신령이 지폈나
보다.

그러나 지금은 ─ 들을 빼앗겨 봄조차 빼앗기겠네.

- 『상화와 고월』(청구출판사, 1951)

―시 옷깃을 여미고 밖으로

이 시는 한국 근대문학 중에서도 가장 비통한 의문문을 던지고 있다. 그래서 이 의문문에만 집중에서 시를 읽어내려는 경향이 있다. 교육 현장에서 '빼앗긴 들'은 국권 상실을 표현하고, '봄'은 광복을 표현한다고 가르치는 게 대표적 사례다. 시를 교과서처럼 단적인 의미로 가두려 한다면 시가 주는 감동은 제한될 수밖에 없다.

「빼앗긴 들에도 봄은 오는가」는 아름다운 국토에 대한 묘사도 탁월하지만, 빼앗긴 들을 찾아도 진정한 봄을 맞이할 수 없다는 시인의 비탄 섞인 통찰력이 더 빛나는 시다. 한때 우리도 봄이 왔다고 착각한 적이 있다. 곁을 지키던 오른팔의 총성에 독재자가 쓰러졌을 때, 무능한, 그래서 더 비참했던 지도자를 탄핵으로 쫓아냈을 때 우리는 봄이 왔다고 생각했다. 하지만 아니었다. 우리는 그 뒤 더 큰 독재와 폭압에 맞서야 했고, 여전히 우리의 봄은 멀기만 하다.

오늘 나는 이 시를 다시 읽으며 한탄한다. 이 겨울이 지나면 분명 봄은 오겠지만, 빼앗긴 들에는 결코 봄이 오지 않을 거라고. 다시 밖으로 나가기 위해, 바람에 맞서기 위해 옷깃을 여미는 이유다.

침묵의 대가
- 그들이 처음 왔을 때

마르틴 니묄러

나치가 공산주의자들을 덮쳤을 때
나는 침묵했다.
나는 공산주의자가 아니었으니까.

그다음 그들이 사회민주당원들을 가뒀을 때
나는 침묵했다.
나는 사회민주당원이 아니었으니까.

그다음 그들이 노동조합원들을 덮쳤을 때
나는 항의하지 않았다.
나는 노동조합원이 아니었으니까.

그다음 그들이 유태인에게 갔을 때
나는 침묵했다.
나는 유태인이 아니었으니까.

그리고 그들이 나에게 왔을 때

나를 위해 말해줄 이는

아무도 남아 있지 않았다.

─우리가 반드시 열고 나아가야 할 문

누구나 한 번쯤 들어보았을 법한 이 시는 히틀러의 나치 독재에 저항한 독일 신학자 마르틴 니묄러가 쓴 것으로 널리 알려져 있다. 그런데 유시민 작가는 책 『후불제 민주주의』에서 마르틴 니묄러가 이 시의 주인이 아니라고 주장한다. 주인을 모르는 시라니, 궁금하지 않을 수 없다. 어쩌다 이런 시가 탄생한 걸까. 가장 설득력 있는 전말은 이렇다.

니묄러가 신도들과 간담회를 열었다. 한 신도가 질타하듯이 말했다.

"1933년 나치의 대숙청 때부터 사태가 심각했습니다. 왜 교회는 아무것도 하지 않은 겁니까. 이웃이 피 흘리며 죽어가고 있는데 무엇이라도 했어야 하는 거 아닙니까."

그러자 니묄러가 답했다.

"나치가 집단 학살한 모든 집단과 사람(공산주의자, 사회민주당원, 노동조합원, 유태인, 동성애자, 집시, 장애인)은 교회와 관련이 없어서 그냥 입을 다물고 있었을 뿐입니다."

이렇게 시는 하나의 대화에서 시작되었고, 사람들의 입에서 입으로 전해지며 작품으로 옮겨졌다. 일종의 집단 창작이라고 할 수 있다. 그럼에도 니묄러가 이 시의 주인으로 널리 알려지게 된 건 아무래도 그가 나치에 강하게 저항하다 강제수용소에 끌려갔다는 점, 독일인들의 각성과 성직자의 참회를 촉구했다는 점, 시를 보다 호소력 짙게 전달 수 있는 인물이라는 점 등이 영향을 미쳤던 게 아닐까.

정확한 사실관계는 모르지만, 상관없다. 중요한 사실은 이제 이 시의 주인은 우리가 되어야 한다는 것이다. 침묵은 금이라 말하지만, 작금의 대한민국을 바라보면 무슨 말이라도 해야 할 필요가 있다. 아무 말도 하지 않으면 아무것도 바뀌지 않는다. 침묵이 아니라 침을 튀기는 분노로, 방관이 아니라 목소리를 가진 눈동자로, 절망이 아니라 절실함이 주는 행동으로 깨어 있어야 한다. 그렇지 않으면 나를 위해 말해줄 이도, 우리를 위해 말해줄 이도 없다.

침묵은 불안과 불신이 빚어낸 닫힌 문이 아니라, 반드시 열고 나아가야 하는 문이다. 침묵은 말해짐으로써 시의 주인을 알아본다.

이런 내가 되어야 한다

신경림

일상에 빠지지 않고

대의를 위해 나아가며

억눌리는 자에게 헌신적이며

억누르는 자에게 용감하며

스스로에게 비판적이며

동지에 대한 비판도 망설이지 않고

목숨을 걸고 치열히

순간순간을 불꽃처럼 강렬히 여기며

날마다 진보하며

성실성에 있어

동지들에게 부끄럽지 않고

자신의 모습을 정확히 보되

새로운 모습을 바꾸어 나갈 수 있으며

진실한 용기로 늘 뜨겁고

언제나 타성에 빠지는 것을 경계하며

모든 것을 창의적으로 바꾸어내며

어떠한 고통도 이겨낼 수 있고

내가 잊어서는 안 될 이름을 늘 기억하며

내 작은 힘이 타인의 삶에

용기를 줄 수 있는 배려를 잊지 말고

한순간도 머무르지 않고

끊임없는 역사와 함께 흐를 수 있는

그런 내가 되어야 한다.

- 『가난한 사랑 노래』 (실천문학, 1988)

—소의를 따르는 자들에게

   사는 일도 쓰는 일도 영 맘에 들지 않을 때 펼쳐보는 시가 있다. 바로 신경림 시인의 「이런 내가 되어야 한다」이다.

   이 시는 격문 같기도 하고, 자기 검열을 위한 주문 같기도 하다. 행갈이만 했을 뿐 한 호흡의 시라서 읽는 것 자체가 버겁다. 한 마디도 틀린 말은 없지만, 이게 시인가 싶을 정도로 옳은 말만 하고 있다. 신경림 시인이 쓰지 않았다면, 시는 옳은 말을 하거나 가르치기 위해 있는 게 아니라고 훈수 두는 사람도 많았을 것이다.

   그런데 신경림 시인의 목소리는 다르다. 그의 시는 타성에 젖어 사는 우리를 각성하게 만든다. 현실과 타협하는 사람이 아니라 매 순간 깨어 있는 사람을 꿈꾸게 만든다. 시의 권위란, 또 시인의 권위란 이런 것이다. 시인의 삶과 시가 일치할 때 독자는 눈이 아닌 가슴으로 시인의 언어를 새겨듣게 된다. 그리하여 이 시는 다짐의 시가 아니라 증명의 시가 되었다. 가르치는 시가 아니라 각성의 시가 되었다.

   최근엔 다른 이유로 이 시를 펼쳐보곤 한다. 대의가 아닌 소의를 따르는 자들이 온갖 감언이설로 민중을 선동하고, 다시금 군홧발로 흙의 온기를 짓밟으려 하는 세상에서 「이런 내가 되어야 한다」만큼

명징하게 세상을 비추는 시가 없는 까닭이다. 그리하여 시인의 언어는 철퇴를 휘두르는 것처럼 나 스스로를 경계하게 만든다. 어떠한 고통도 이겨낼 수 있도록 힘을 부여한다. 이렇듯 어떤 시는, 어떤 시인은 존재하는 자체로 세계를 딛고 일어서는 힘을 준다.

방아쇠 없는 세계

황종권

세상의 모든 총들이 방아쇠가 없다면
탄약 창고엔 탄약 대신 읽어야 할 시집이 가득하다면
행운을 접어놓는 평화가 갑자기 침침해진다면
군인들은 이제 군화를 벗어 던지고
그냥 가거나 오는 것도 없는 국경의 밤을 생각할지도

방아쇠 없는 총에겐 가늠쇠가 없고
총구가 없고 결론은 그냥 총이 하나의 만년필이 되었다
는 거

나는 만년필로 금방 사라지는 것들을 봐버렸다
볕이 범람하는 창의 자명함을 이해할 수도 있고
한 모금의 커피가 주는 아름다운 질문을 받아 적기도
했다

나는 만년필이 누군가의 목숨을 가져간다 해도

의심하지 않는다 재가 된 구름들이 밀려온다

적막이 된 만년필 앞에서 나는 불에 타는 것들을 생각
했다

비가 내린다 누군가 책을 베끼고 있는 소리다

멀리 가는 군화들이 그림자를 짚는 소리다

더 이상 죽은 자가 없으니까 만년필은 썩어

싹이 나고 줄기가 잘 자랐다

격발은 이렇게 명료한데

어떤 총성은 자유를 상징한다는데

더 이상 테러리스트가 없는 이 극명한 세상

시 쓰는 것이야말로 누군가를 격발시키는 일

검지 없는 자들은 죄인들이었지만

나는 방아쇠 없는 이 세계가 좋아서 매일 입안에 침을
고이게 했다

- 『당신의 등은 엎드려 울기에 좋았다』(천년의시작, 2018)

─우리가 지켜야 할 것이 시라면

　얼마 전 서울 한복판에서 총을 든 군인들이 국회에 난입하는 장면을 보았다. 나는 계엄 공포를 느끼면서도, 젊은 군인들이 안타까웠다. 위법한 명령을 따르거나, 항명을 할 수밖에 없는 신분이 군인이다. 자랑스럽게 나라를 지키라고 군대에 보냈는데, 아들과 딸이 범죄자가 된다면 부모의 억장이 무너져도 천 번은 무너지지 않을까.

　나 역시 군대에서 수없이 많은 부조리와 폭력을 목격했다. 탈영 시도를 하다 영창에 간 전우도 있었고, 자살 시도를 하는 전우도 있었다. 모두 견딜 수 없는 부조리와 폭력 때문이었다. '마음의 편지'를 쓰면 폭력과 부조리로부터 나를 지킬 수 있다고 했지만, 우리는 모두 알고 있었다. 펜을 잡는 순간 그 사람이 겪어야 할 대가를. 우리는 늘 백지를 냈고, 무력감을 느껴야 했다. 하지만 그 무력감을 전역한 지 한참이 지난 2024년, 텔레비전을 통해 다시 느끼게 될 줄은 몰랐다.

　군대에서 매일 같이 하는 일 중 하나가 초병 근무였다. 그런데 그 근무 중에도 늘 부조리가 있었으니 바로 암기 강요였다. 복무신조로 시작해 애국가 1절부터 4절, 초병의 수칙, 군대 서열 등 한 글자만 틀려도 개머리판이 날아왔다. 처음에는 문과 중의 문과, 문창과 출신으로서 그리 어려운 일이 아니라는 생각도 들었다. 그러나 살을 에는 추위에도 땀을 뻘뻘 흘리게 하는 선임 앞에서는 머리가 하얗게 되기 일쑤였다. 차라리 맞는 게 나았다. 소위 말하는 갈굼이 더 무서웠다. 살가죽을 산 채로 벗겨내는 인간의 말은 더 견디기 어려웠다. 암기를 못하고 버벅거릴 때마다 늘 생각했다. 차라리 내가 외워야 하는 것이 시라면, 내가 지키고 있는 것이 시집이라면, 인간이길 포기하는 저 말들과 맞설 수 있을 텐데. 개머리판이 아니라 향기로운 말을 탐하는 나비들이 날아들 텐데. 시 한 줄도 못 외우면서, 못된 것부터 철저하게 배운 저들에게 인간의 말이 얼마나 아름다운지 낭독해줬을 텐데. 그렇게 명령과 복종의 언어, 욕설만 있던 군대 세계에서 이 시는 찾아왔고, 나는 방아쇠가 없는 세계를 꿈꾸었다.

울컥

송종찬

겨울나무가 얼어 죽지 않으려면

울컥하는 것이 있어야겠다

마룻바닥에 울리는 통성기도나

남몰래 흘리는 눈물 같은 것들이

뿌리에서 가지 끝까지 밀고 올라야겠다

눈과 눈이 고사리손을 마주 잡고

빈 들을 건너가는 겨울밤을 나려면

울컥하는 것들이 있어야겠다

다시 볼 수 없는 북방의 여인이나

갈 수 없는 설움들이 목울대까지 차올라

얼굴에는 신열이 올라야겠다

빈 겨울 들에는 바람이 들이치고

쓰러지는 겨울나무들이여

- 『첫눈은 혁명처럼』(문예중앙, 2017)

—오늘도 울컥하는 힘으로

울컥하는 병에 걸린 적이 있다. 구두끈을 묶다가도 울컥, 밥상 위로 떨어지는 오후 3시 34분의 햇살이 있어 울컥, 잠 못 드는 밤이 있어 울컥, 공들여 슬프지 않아도 슬플 것이 그득해서 울컥. 울컥거리는 일이 오랜 지병 같았고, 감당할 수 없는 무형의 존재를 짊어지고 사는 것만 같았다. 그런데 이 시를 읽으니 알겠다. 어쩌면 '울컥'이란 죽은 심장을 되살리는 힘이자, 세상 모든 나쁜 계절을 건너게 해주는 실재하는 힘이란 사실을.

'눈에 눈물이 없으면 영혼의 무지개가 뜨지 않는다'는 말이 있다. 송종찬 시인의 시를 읽은 뒤 이 문장을 다르게 적어보고 싶었다. '영혼이 없는 사람은 울컥하지 않는다.' 울컥은 내면의 무지개가 뜨기 직전에 보내는 신호이자, 영혼의 뼈 아픈 울림이다.

왠지 뉴스를 보다가도, 아이들의 해맑은 웃음소리를 듣다가도 울컥하게 되는 요즘이다.

못

박제영

엄마야 누나야 강변 살자던 삼촌은 죽어서 못이 되었네
엄마야 누나야 가슴 속에서 시커멓게 녹이 슬고 있는
못이 있었네

- 엄마야 이제 그 못 뽑자 제발
엄마는 이십 년을 보챘지만 외할머니는 죽을 때까지 심
장에 못을 키웠네

- 못 된 것 못 된 것
외할머니 울음을 삼킬 때마다 못은 조금씩 깊어졌네

눈물샘이 다 마를 때까지 깊어진 못이 마침내 외할머니
를 삼켰네
외할머니 봉분 올린 그 밤 엄마는 외할머니가 막내 삼
촌 젖을 물리고 있는 꿈을 꾸었네

– 엄마가 이제야 못을 뽑았구나

엄마가 환하게 울고 있었네

- 『식구』(북인, 2013)

─슬픔의 연대

허난설헌의 '곡자(哭子)'가 생각난다. 곡자는 자식을 잃고 운다는 뜻인데, 이 시도 자식을 잃은 슬픔이 대못처럼 박혀 녹물로 눈물로 배어나고 있다. 자식을 먼저 앞세운다는 건 무슨 심정일까. 흔히 자식을 먼저 보낸 고통을 단장지애(斷腸之哀)라고 하지만, 창자가 끊어질 정도의 고통을 직접 겪어보지 않고는 모를 일이다.

우리는 세월호 참사, 용산 참사, 이태원 참사 등 잊지 못할 시대의 대못에 박혀 살고 있다. 삶이 잔인한 것은 피를 철철 흘리면서도 매 순간 살아있어야 하기 때문이다. 남겨진 자의 몫은 슬픔을 떠안은 채 살아내는 것이다. 그런데 사람이 더 가혹한 못일 때가 있다. 죽은 자가 주는 고통보다, 산 자가 주는 고통에 망치질 당할 때 심장은 짓이겨진다. 참혹의 온전한 이름으로 우리가 겪은 모든 참사가 그랬다. 직접 겪지 않은 고통을 자본주의 논리로만 해석하려 하거나, 정치적으로만 해석하려고 했다. 결국 함께하는 슬픔보다 개인의 욕망이 큰 세상이었던 것이다.

오로지 계산만을 따지는 욕망처럼 "못 된 것 못 된 것" 들이 흉기를 드는 세상이 왔다. 하지만 이 시를 보면 사람의 슬픔이 있는 한, 환

94

한 눈물을 만날 수 있으며 마침내 못을 뽑을 날도 있다는 걸 알겠다. "시커멓게 녹이 슬고 있는 못"이 있어도 "봉분"처럼 또 다른 슬픔으로 깃들 수 있음을 알겠다. 안다는 것이 꼭 앓는 일 같지만, 직접 겪지 않은 고통이 내 것은 아니지만, 슬픔의 연대가 차라리 이 시대의 못을 빼는 일이지 않나 물어보게 된다.

독(毒)을 차고

김영랑

내 가슴에 독을 찬 지 오래로다.

아직 아무도 해(害)한 일 없는 새로 뽑은 독

벗은 그 무서운 독 그만 흩어버리라 한다.

나는 그 독이 선뜻 벗도 해할지 모른다 위협하고,

독 안 차고 살아도 머지않어 너 나 마주 가버리면

억만 세대(億萬世代)가 그 뒤로 잠자코 흘러가고

나중에 땅덩이 모지라져 모래알이 될 것임을

'허무(虛無)한듸!' 독은 차서 무엇하느냐고?

아! 내 세상에 태어났음을 원망 않고 보낸

어느 하루가 있었던가, '허무한듸!' 허나

앞뒤로 덤비는 이리 승냥이 바야흐로 내 마음을 노리매

내 산 채 짐승의 밥이 되어 찢기우고 할퀴우라 내맡긴

신세임을

나는 독을 차고 선선히 가리라

마금날 내 외로운 혼(魂) 건지기 위하여

- 『영랑시집』(시문학사, 1935)

─어떤 외로운 혼이 되어

울림소리 때문일까? '영랑'이라 부르면 에메랄드빛 샘물 소리가 들리고, '영랑'이라 다시 부르면 모란 향기 찬란한 봄이 무르익는 것 같다. 그렇다. 김영랑 시인만큼 맑고 순수하며 영롱한 언어를 가진 시인은 드물다. 특히 소리 내어 읽을수록 섬세하면서도 고운 서정시의 백미를 느낄 수 있다.

가장 애송되는 「모란이 피기까지는」, 「돌담에 속삭이는 햇발」 같은 시만 읽어 봐도 우리 말이 왜 아름다운지, 왜 한 편의 시가 노래가 되고 춤이 되는지 알 수 있다. 아마 그래서일 것이다. 우리가 김영랑 시인을 한결같이 자연을 사랑하고 평화로운 삶을 그리는 순수 서정 시인으로만 평가하려고 하는 것은. 그러나 김영랑 시인은 윤동주, 한용운 시인에 버금갈만한 저항시를 다수 창작했으며, 그의 시와 삶을 제대로 평가하는 사람들은 '시대의 반항아'라 부르기도 한다.

1930년대 말, 일제는 내선일체, 황국식민화의 미명하에 신사참배와 창씨개명을 강요했다. 심지어 국책문학을 내세우며 일왕을 찬양하거나 침략 전쟁을 미화하는 내용의 시만을 쓰게 했다. 이 작품은 일제의 갖은 회유와 협박 가운데에서도 "독을 차고" 민족의 정체성,

시인의 정체성을 지키고자 쓴 작품이다. 이리와 승냥이 떼가 우글거리는 세상에서, 독립이고 뭐고 모두 허무한 짓이라고 비웃는 세상에서, 시인은 "외로운 혼"이 될지라도 펜과 종이로 맞서 싸웠던 것이다.

김영랑 시인은 단 한 번도 친일을 하지 않은 몇 안 되는 시인이자, 펜으로 맞서 싸운 독립군이다. 실제로 시인은 1940년대 「춘향」을 마지막으로 해방이 될 때까지 단 한 편도 시를 발표하지 않았다. 현시대의 불온에 맞서고자 하는 우리에게는 어떤 외로운 혼이 필요할까? 나는 끝까지 가난과 폭력 앞에 흔들리지 않고 펜을 쥘 수 있을까?

설움이 나를 먹인다

허은실

소풍 나온 것 같네

바다를 앞에 두고
유족회에서 나눠준 도시락을 먹는다

무심결의 소풍이
가시처럼 걸려
생선 한 점 고수레로 던져 놓고
무연고 객들이
음복을 한다

멍빛 갯쑥부쟁이 피는 올레 첫 코스
끌려가며 마지막으로 걸었을 모랫길
허리 굽은 이들이
칠십 년을 포개며 간다
그들 손에도 하나씩 도시락이 들렸다

초하루 높은 사릿물이

발자국을 지운다

도시락이 실하네

문어젓갈을 씹다가 떠올린다

부항순 전복죽, 컵누들 우동맛, 마스크 세트

발목에 철심을 박은 할머니는

받아둔 위문품을 내어주면서

이제 나갈 일이 엇어노난

폐를 잘라낸 할아버지는

손주들 주려 만든 감자 빼때기를 싸주며

그땐 저걸로 연명했어요

손가락 두 개가 뭉툭한

팽목한 소연 아빠

그가 건네주던 시든 귤도

다섯 살에게 찔러주던 만원도

설움에게 잘도 얻어먹고 다녔구나

울음의 연대라고 생각했던 것

실은 당신 것으로 연명해온 일

겨울 광화문 보리차도

곱은 손 녹이던 핫팩도

경찰 버스 아래

언 아스팔트에 누웠던 유가족

맨몸의 바리케이드도

슬픔이 시민의 보호자였다

-『회복기』(문학동네, 2022)

─시, 설움과 연대하다

　시를 읽는 내내 설움으로 맺어진 인연은 무엇이며, 설움을 나누는 힘은 무엇인지 묻고 있었다. 설움은 슬픔과 다르게 북받쳐 오는 감정을 홀로 삼키는 감정이며, 봉합할 수 없는 상처가 내부에 있음을 드러내는 행위이다. 고백하자면 나는 아직도 내부로 끝없이 침몰되어 가는 상처를 끌어올릴 용기가 없다. 세월호라는 말만 나와도 피가 뻣뻣해지며, 아득한 수심에 잠겨버리고 만다. 이 시를 읽는 데에도 두 주먹을 꼭 쥐어야 할 만큼 용기가 필요했다.

　그러나 이 시는 내게 한 설움이 또 다른 설움을 만나 비로소 말할 수 있는 슬픔이 된다는 사실을 가르쳐 주었다. 먹는 걸 나누고, 감자 빼때기를 싸주고, 시든 귤을 건네며, 말로 다 할 수 없는 설움은 서로 이어지고 이어져 연대한다는 걸. 그리고 우리는 더 나아갈 수 있을 것이다. 차가운 아스팔트 위에서도 온기를 찾을 수 있을 것이다. 유가족이 아닌 이상 절대 알 수 없는 그 설움의 깊이를 이 시는 짐작케 해 주었다.

걸레와 양심

걸레는

그 살 조각 하나 남을 때까지

닦고 또 닦고

온갖 남의 때 씻어 주는 헌신

수고론 일생이 다하는 날

하나의 더러움이 되어 쓰레기통으로 간다.

양심은

가슴 속 깊이 감추어 놓은

마지막 여백, 때 묻기 쉽고

낙서하기 쉬워서 감춰 놓은 백지,

걸레가 이르지 못하는 곳에서

지우개로 지우지 못하는 얼룩이나

나 홀로 깨끗 그는 달빛 아래 숨어 있다.

행동하지 않은 양심은 죄악이다

걸레가 지나간 자욱에

맑은 속살 드러나듯

마호가니 무늬 고웁게

그때 때 묻은 손바닥

비누로 씻고 수건으로 닦고

화장실에서 은밀히 비우고

에헴! 넥타이를 고쳐 매고 향수를 뿌리고

아, 그래도 남은 것은 더러움 뿐이구나.

양심은 버리기 위하여 있는 것

내 마지막 여백 위에

엎질러진 잉크,

나의 양심은 지금 어디 있는가,

걸레 지나간 다음

나는 고요히 두 눈을 감으오.

- 『내게 길을 묻는 사랑이여』(모던, 2009)

─양심은 버려져야 한다

　보통 행동하는 양심이라고 하면 김대중 대통령을 떠올리는 사람이 많다. 그러나 나는 문병란 시인이 먼저 떠오른다. 시의 절대조건이 양심이었으며, 일평생 시대의 부조리한 현실에 맞서 양심에서 우러난 외침을 아끼지 않았기 때문이다.

　「걸레와 양심」 역시 걸레를 통해 양심에 대해 묻는다. 걸레야말로 행동하는 양심과 가장 맞닿아 있다고 말한다. "걸레가 지나간 자욱"은 깨끗해지고 "걸레가 이르지 못하는 곳"은 더럽거나 "달빛 아래"에나 숨는 위선일 뿐이다. 걸레가 아닌 것은 양심을 닦아내지 못하므로 "넥타이를 고쳐 매고 향수를 뿌"려도 "더러움 뿐"이다.

　이 시의 백미는 양심에 대한 사유를 더욱 깊게 만들어 주는 구절에 있다. 보통 우리는 양심을 버리지 말라고 하는데, 시인은 "양심은 버리기 위하여 있는 것"이라고 역설한다. 왜 양심은 버려지는 행위를 통해 얻어진다고 하는 것일까. 그것은 걸레처럼 더러워져야, 양심에 빛을 얻을 수 있어서다. 버려져야 할 만큼 닦고 닦여야 하는 것이 양심이기 때문이다. 그렇다면 시인의 걸레는 무엇이겠는가. 어떤 양심을 버려야겠는가. 바로 잉크다. 시인의 양심은 오직 시로서만 닦을 수 있으며, 시로서만 버려질 수 있다. "걸레 지나간 다음" 고요히 두 눈을 감는 까닭은 양심의 눈을 뜨기 위함이다.

시인들

류근

이상하지

시깨나 쓴다는 시인들 얼굴을 보면

눈매들이 조금씩 일그러져 있다

잔칫날 울지 않으려 애쓰는 사람처럼

심하게 얻어맞으면서도

어떤 이유에서든 이 악물고 버티는 여자처럼

얼굴의 능선이 조금씩 비틀려 있다

아직도 일렬횡대가 아니고선 절대로 사진 찍히는 법 없는

시인들과 어울려 어쩌다 술을 마시면

독립군과 빨치산과 선생과 정치꾼이

실업자가 슬픔이 과거가 영수증이

탁자 하나를 마주한 채 끄덕이고 있는 것 같아

천장에 매달린 전구알조차 비현실적으로 흔들리고

빨리 어떻게든 사막으로 돌아가

뼈를 말려야 할 것 같다 이게 뭐냐고

물어야 할 것 같다

울어야 할 것 같다

- 『어떻게든 이별』(문학과지성사, 2016)

—시인의 얼굴

시인이 아는 시인은 고통을 만나면 고통을 제 영혼으로 씻어 주
는 사람, 가난한 자의 무릎을 일으켜주는 사람, 어두운 길을 헤매일
때 반짝이는 언어로 별자리가 되어주는 사람, 빵 한 조각 얻지 못하
는 시를 쓰고도 사람의 마음을 다 가질 수 있는 사람, 술보다 더 독한
눈물을 흘리는 사람, 손발을 다 묶는 시대라 할지라도 온몸으로 쓰는
사람 중 하나였을 것이다.

그런데 막상 마주한 시인들의 얼굴은 일그러져 있고, 비틀려 있
다. "천장에 매달린 전구알조차 비현실적"이도록 시의 생기를 잃은
얼굴들이다. 도대체 시인들에게 무슨 일이 있었는가. 왜 시인을 독립
군, 빨치산, 선생, 정치꾼, 실업자, 슬픔, 과거로 만들었단 말인가. 그
연유가 무엇이든 시인이 아는 시인은 이제 없다. 눈물이라도 흘려 시
의 생기를 찾아주고 싶지만, 이목구비부터 일그러진 이 시대에는 우
는 일만이 그 얼굴을 지워내는 일 같다.

저항의 시

"한 치의 물러섬도 없이„

겨울비

백무산

겨울비 천장에서 떨어진다

거실 바닥 흥건하다

보일러 배관은 얼어 부풀었다 그래도

바닥이 편하다 모든 바닥은 따뜻하다

노동이 빠져나간 몸은 퇴적암이다

어쩌라는 거냐 문자메시지는 아침부터 부고다

세면실 거울에는 오랜만에 보는 얼굴이다

지디피 삼백불 밤 완행열차를 타고

볼 터진 운동화 한켤레로 열여덟에 떠난 공단

거울 속에는 내가 아닌 늙은 아버지가 있다

양치질할 때면 한번씩 가슴에 이는 불덩이는

쌓인 쇳가루와 시너 가스와 최루탄 연기 뒤집어지나

빈손과 상처투성이 그리고 툰드라

그래도 살아남았으니 고맙고 부끄럽다

현관문을 나서는데 전화벨이 울린다

올 필요 없답니다 민주화가 되었답니다

민주화되었으니 흔들지 말랍니다

민주 정부 되었으니 전화하지 말랍니다

민주화되었으니 개소리하지 말랍니다

이렇게 한심한 시절의 아침에 겨울비 온다

어깨에 머리에 찬비 내린다 배가 고파온다

이제 나도 저기 젖은 겨울나무와 함께 가야 할 곳이 있다

- 『이렇게 한심한 시절의 아침에』(창비, 2020)

─겨울비를 뚫고 나아가야만

시는 적확한 언어로 혼돈의 세계를 단번에 표상한다고 했던가. 작금의 대한민국을 어떻게 불러야 하나 싶었다. 그런데 "한심한 시절"이라니. 이보다 적확한 표현은 없겠다. 단번에 이해가 되면서도, 시대를 짚어주는 어른이 있음에 감사하다. 국어사전은 '한심하다'의 뜻을 이렇게 설명한다. '정도에 너무 지나치거나 모자라서 딱하거나 기막히다'고. 한심하다, 요즘 뉴스를 볼 때마다 이 말을 내뱉지 않을 수 없다.

이 시는 겨울비가 내리는 가운데 한 통의 부고를 받는다. 그 부고란 아마도 함께 "최루탄 연기 뒤집어"썼던 동지이거나, 거울 속에 "늙은 아버지"가 비치도록 노동했던 화자와 같은 동료일 것이다. 상갓집에 가려고 현관문을 나서는데 갑자기 전화가 온다. "민주화가 되었"으니 오지도 말고, 전화하지도 말고, 개소리도 하지 말라고. 타락한 운동권의 위선을 보여주는 단적인 말이자, 새로운 권력이 있음을 드러내는 말이다.

시인은 탄식하지 않을 수 없다. 아직도 겨울비처럼 현실은 냉혹하고 축축하고 배가 고픈데, 가만히 있으라니. 그러나 시인은 살아남은 책무를 다하고자 "젖은 겨울나무와 함께 가야 할 곳"이 있음을 말한다. 아무리 "한심한 시절"일지라도 겨울비를 뚫고 나아가야만 이 "한심한 시절"을 건널 수 있어서다.

심부름

오성인

면목이 없다 나처럼 살지 말아라 절대로
나를 닮아서는 안 된다

일체 곡기를 끊고 소주로만 속을 채웠던

아버지는 심부름을 보내며 나에게
신신당부했다

남은 돈은 너 쓰려무나 하고 싶은 일
하고 갖고 싶은 것 있으면 사려무나

나처럼만 되지 않는다면 말이다 나처럼만

소주를 사러 가는 동안
아버지처럼 되지 않을 거예요 고작 몇 푼
안 되는 돈으로 아버지는 될 수 없겠지만

아버지처럼 살지 않을 거예요

그러려면 곡기를 끊은 아버지에게
소주 대신 밥과 반찬을 사 드려야 하는데

그것이 아버지처럼 살지 않는 것인데

알면서도 아버지 부탁을 거절하지 못하고
나는 결국 소주 서너 병을 사서 돌아간다

술을 사고 남은 몇백 원으로 어떻게 하면
아버지처럼 되지 않을 수 있을까

골몰하는 사이

나를 기다리다 빈 병처럼 누워
쓸쓸히 잠든 아버지에게 이불을 덮어 주었다

- 『이 차는 어디로 갑니까』(걷는사람, 2023)

― 거울은 아버지의 얼굴을 비추고 있었다

1980년 봄, 오성인 시인의 아버지는 군대에 복무하고 있었다. 그런데 상부로부터 명령이 내려왔다. 박달나무 방망이를 만들라는 것이었다. 그는 열심히 방망이를 만들었는데, 나중에 알고 보니 그 방망이가 무고한 시민을 때려죽이는 충정봉이었다.

아버지는 전역을 하고 대학으로 돌아갔지만 더 이상 예전과 같은 모습으로 살 수는 없었다. 자신이 아끼던 선후배, 동기들이 계엄군으로부터 당한 상처가 깊었기 때문이다. 시인의 아버지는 직접적인 가해자가 아니었지만, 국가 폭력에 동조했다는 사실을 견딜 수 없어 죄책감을 안고 살아가야만 했다. 자신이 죽었어야 했다고 매일같이 절규했지만, 씻을 수 없는 상처는 아무리 시간이 지나도 지워지지 않았다.

이 시는 가해자인 동시에 피해자였던 아버지에 관한 이야기다. 또한 가해자인 동시에 피해자였던 아버지를 안쓰럽게 바라보는 아들에 관한 이야기다. 명명하자면 공존의 시라고 부르고 싶다. 심부름이란 행위 속에 자식에 대한 연민과 아버지에 대한 연민이 공존하기 때문이다. 시대의 아픔을 제대로 씻지 못하고 물려줘야 하는 세대,

씻을 수 없는 상처인 걸 알면서도 받아야 하는 세대가 공존하기 때문이다.

이때 공존을 흔드는 말이자, 공존을 성립하게 하는 말은 "나처럼 살지 말아라"이다. 사실 이 말은 씁쓸하지만, 꽤 힘이 있었다. 아버지처럼 살지 않는다는 건 좀 더 좋은 대학에 입학하는 일이었고, 더 안정적인 직장에 취업하는 일이었다. 불의를 보면 참지 않는 것이었고, 죄책감이 아닌 보람으로 하루하루를 알차게 사는 일이었다. 그렇게 어쩌면 아버지를 반면교사 삼아서 잘 살게 되었는지도 몰랐다. 그런데 잘 살았음에도 가슴 반쪽이 무너지는 까닭은 무엇일까. 초라하게 늙어가는 아버지가 끝내 내 안에 살아있고 공존하기 때문이다. 데칼코마니의 슬픔일까. 시를 읽는 내내 나 역시 아버지처럼 살지 않겠다고 했지만, 문득 거울을 들여다보면 아버지의 얼굴이 비쳐왔다.

돌을 던지면 환해지는 햇살

이재훈

어딘가로 떠나고 싶었다. 저수지에 앉아 돌을 던졌다. 돌은 물속 깊은 곳에 가라앉았다. 침묵 같은 곳. 은신 같은 곳. 물속이 아니라면 인간세계에서 불행했을 텐데. 수없이 많은 돌을 물속에 던졌다. 중력의 법칙은 우리를 안도하게 한다. 퐁당퐁당 노래를 부르며 돌을 던지던 때. 맞아보라고 던졌던 돌. 나를 봐 달라고 던졌던 돌. 더 이상 갈 곳 없는 징검돌 앞에서 오들오들 떨고 있다. 물속이 아니라 공중에 돌을 던진다. 던져야 부끄러워진다. 광장에서 돌을 던지는 사람들. 하늘로 힘껏 돌을 던진다. 사위가 환해진다.

- 『돌이 천둥이다』(아시아, 2023)

─돌은 던져져야 한다

돌은 바람과 물, 시간을 담고 있으면서도 입을 다물고 있다. 돌은 '은신'과 '침묵'으로 모서리가 다 깎였음에도 제 무게를 견디고 있다. 제 무게를 딛고, 입을 여는 일은 오직 던지는 행위. 이 시는 돌을 던지는 행위를 통해 세계와 맞서는 힘을 말하고 있는지 모른다. "맞아보라고" 던지든, "나를 봐 달라고" 던지든, 던져야만 세계의 안팎을 물속처럼 들여다볼 수 있다. 인간세계로 던져지는 일은 불행한 일일 수 있으나, 온몸을 던지지 않으면 세상에 어떤 파문도 남길 수 없다.

그리하여 돌은 던져져야 한다. 돌은 질문이며, 돌은 대답이며, 돌은 양심이며, 돌은 역사이며, 돌은 상처이며, 돌은 굳어진 슬픔이며, 돌은 햇살을 부르는 마중물이기 때문이다. 좋은 시는 또 다른 시를 부른다고 했다. 이 시를 읽는 내내 내 안에 쌓여있는 돌을 던지고 싶어, 펜부터 들었다.

그래도 나는 일어서리라

당신은 매정하면서도 뒤틀린 거짓말로

나를 역사에 기록할 수 있겠지요

당신은 나를 흙바닥 위에 짓밟을지도 모릅니다

하지만 나는 먼지처럼 일어설 것입니다

내 건방진 태도가 당신을 화나게 하나요?

당신은 왜 우울한 기분을 느끼나요?

내가 거실에 있는 유전에서 석유를 퍼내는 사람처럼

걷기 때문이겠죠

태양처럼 달처럼

밀물과 썰물처럼 분명하게,

희망이 높이 솟아오르는 것처럼,

그래도 나는 일어설 것입니다

내가 부서지는 모습을 보고 싶습니까?

고개를 떨구고 눈을 내리까는 모습을?

어깨가 눈물처럼 흘러내리고

영혼이 울부짖으며 약해지기를?

내가 당당해 보여서 불쾌합니까?

당신은 왜 받아들이기 힘든가요?

내가 뒷마당에 금광을 가진 사람처럼

웃고 다니기 때문이겠죠

당신은 말로 나를 아프게 할 수 있습니다

당신의 눈빛으로 내게 상처를 입힐 수 있습니다

당신의 증오심으로 나를 살해할 수 있습니다

그래도 나는 공기처럼 일어설 것입니다

내 아름다움이 당신을 화나게 하나요?

허벅지 사이에 다이아몬드를 품은 듯

춤을 추는 내 모습이

당신을 놀라게 만드나요?

부끄러운 역사의 오두막으로부터 벗어나

나는 일어섭니다

고통 속에 뿌리를 둔 과거로부터

나는 일어섭니다

나는 멀리 출렁이며 도약하는

검은 바다입니다

파도 속에 솟구치며 부풀어 오릅니다

공포와 두려움의 밤을 뒤로 하고

나는 일어섭니다

놀라울 정도로 맑은 새벽을 향하여

나는 일어섭니다

내 선조들이 내게 준 선물을 안고

나는 노예들의 꿈이자 희망입니다

나는 일어섭니다

나는 일어섭니다

나는 일어섭니다

―고난 속에서도 일어서는 언어를 위하여

대학교 1학년 때, 순전히 멋져 보이기 위해 옥타비오 파스의 『활과 리라』를 옆구리에 끼고 다녔다. 처음엔 이성에게 잘 보이고 싶어 고른 책이었지만, 나중엔 내 스스로 더 좋아하는 책이 되었다. 시만 보면 눈동자에 불꽃이 피던 시절이었고, 『활과 리라』는 그 불꽃에 기름 붓는 문장들로 가득했다. 화상의 기억처럼 아직도 한 글자도 틀리지 않고 기억한다. "시는 앎이고 구원이며 힘이고 포기이다. 시의 기능은 세상을 변화시키는 것이며, 시적 행위는 본래 혁명적인 것이지만 수련으로서 내면을 해방시키는 방법이기도 하다." 시로 들끓는 청춘에게 옥타비오 파스의 문장은 철을 거뜬히 녹이는 고로와 다름없었다.

불길이 이는 문장에 완전히 매료되었기 때문일까. 매주 합평 시간이 오면 나는 『활과 리라』처럼 시에 대한 정의를 내리곤 했다. "시는 산문을 뚫고 일어선 언어라 할 수 있는데, 이 시는 대상에 관한 피상적인 설명뿐입니다. 대상의 통점을 꿰뚫지 못해 죽은 언어라고 할 수 있습니다." 진지해서 더욱 손발이 오그라드는 합평 때문이었을까. 나는 매주 질문을 받아야 했다. "종권아 이 시는 일어서 있니? 앉아 있니? 누워서 있니?" 놀림을 당하면서도 일어선 언어에 대한 나의 불길은 쉽사리 사그라들지 않았다.

이 시인의 시를 처음 읽었을 때 불 꺼진 심장에 다시 불꽃이 튀는 것 같았다. 고난의 한가운데에서도 결코 훼손되지 않는 사람. 일어선 언어로 시를 가득 채운 사람. 바로 안젤루였다.

그는 미국에서 가장 영향력이 있는 흑인 여성 시인이자 인권 운동 가다. 흑인에 대한 차별은 말할 것도 없고, 모든 주에서 여성의 참정 권을 인정한 지도 40년밖에 안 된 보수적인 나라가 미국이다. 그곳 에서 흑인, 여성, 인권운동가, 시인으로 산다는 건 어떤 마음일까. 아 마 매 순간 고난과 환란이었을 것이다. 일어선 정신이 아니면 죽음과 다른 없는 삶이었고, 일어선 언어가 아니면 억압받고 차별받는 소외 계층의 존엄성을 지켜낼 수 없었을 것이다.

우리는 선거 결과를 부정하고, 헌법이 명령한 신성한 책무를 거부 하고, 정치 양극화를 극단으로 몰고 가는 세계에 살고 있다. 일어선 정신으로, 일어선 언어로 맞서지 않는다면 우리는 또 거짓 선동의 프 레임에 속고 말 것이다. 불 현 듯 故 노무현 대통령이 남긴 말이 생각 난다.

"민주주의 최후의 보루는 깨어 있는 시민의 조직된 힘입니다."

나는 이 시를 읽고 이런 문장 하나를 쓰고 싶어졌다.

'어둠을 꿰뚫고 일어선 횃불이 되어야 하리라.'

예언서 2

김사인

내가 기어코 너희를 멸하리라.

형제의 피가 제단 위에서 마르기도 전에

돌아앉아 단 포도주를 입에 붓는 자들.

제 한 목숨을 부지하기 위해

첫닭이 울기 전에 세 번이나 거룩한 이름을 모독한 자들.

내가 기어코 너희 두 눈을 빼고 두 귀를 잘라 벌판으로
내몰리라.

벌판의 까마귀떼로 하여 너희 염통을 쪼게 하리라.

– 『밤에 쓰는 편지』(문학동네, 2005)

─엄중한 국민의 심판으로

간담이 서늘해지고 소름이 돋는다. 시가 아니라 『구약성경』을 읽으며 하나님의 심판을 받는 것 같다. 왜 시인은 이토록 무서운 시를 써야 했을까.

나는 「예레미야서」 14장 12절을 떠올린다. '그들이 금식할지라도 내가 그 부르짖음을 듣지 아니하겠고 번제와 소제를 드릴지라도 내가 그것을 받지 아니할 뿐 아니라 칼과 기근과 전염병으로 내가 그들을 멸하리라.' 이 구절은 수없이 기회를 주었음에도 '어그러진 길'을 선택한 백성들에게 하나님의 심판이 내려지는 내용이다. 금식 기도와 땅을 치는 처절한 애원에도 하나님은 단호하다. 오히려 칼과 기근과 전염병으로 끝장을 내겠다고 한다. 결국 유다와 백성들은 죄와 악을 심판받는다.

내가 이 구절을 떠올린 건 우리가 이제 심판밖에 없는 세계에 도래했기 때문이다. 세월호 유가족 앞에서 '친구를 먹었다고' 어묵 먹는 사진을 올리는 죄인들, 단식농성 천막 앞에서 각종 배달 음식을 주문해 술판을 벌이는 죄인들, 이태원 참사를 보며 조롱과 혐오를 조장하는 죄인들, 국민의 명령을 무시하고 불법적인 권력을 휘두르는 죄인들은 엄중한 국민의 심판을 받아야 한다.

　나는 다만 한 인간으로서, 또 시인으로서 다시는 이런 역사가 되

풀이되지 않기를 간절히 바랄 뿐이다.

광야

이육사

까마득한 날에

하늘이 처음 열리고

어데 닭 우는 소리 들렸으랴

모든 산맥들이

바다를 연모해 휘달릴 때도

차마 이곳을 범하던 못하였으리라

끊임없는 광음을

부지런한 계절이 피어선 지고

큰 강물이 비로소 길을 열었다

지금 눈 내리고

매화 향기 홀로 아득하니

내 여기 가난한 노래의 씨를 뿌려라

다시 천고의 뒤에

백마 타고 오는 초인이 있어

이 광야에서 목놓아 부르게 하리라

—수인번호 264의 또 다른 의미들

이육사 시인의 필명에 얽힌 이야기는 모두 잘 알고 있을 것이다. 그가 수감되었을 때 받은 수인번호가 264였고, 저항 의지를 꺾지 않겠다는 의미로 그는 스스로를 이육사라 불렀다. 그런데 그가 필명의 의미를 몇 번이고 바꿨다는 사실은 모르는 이가 많다. 혁명의 칼을 놓지 않겠다는 의미를 담아 '戮(죽일 육) 史(역사 사)'를 붙였던 적도 있고, 세상의 더러움을 조롱하듯 '肉(고기 육) 瀉(설사 사)'를 붙이기도 했으며, 마침내 대륙의 역사라는 의미로 '陸(육지 육) 史(역사 사)'를 붙였다. 시인에게는 이름의 의미를 바꾸는 일이 독립에 대한 의지를 몇 번이고 되살리는 일이었을 것이다.

「광야」는 교과서에 실려 있기 때문에 시 자체에 대한 이해보다는 해석 위주로 시를 읽는 일이 많다. 특히 '백마 탄 초인'을 민족을 구원할 위대한 후손이라든가, 해방된 조국으로 해석하려고 한다. 물론 틀린 해석은 아니다. 다만, 시는 더 너르게 읽혀야 한다고 생각한다. 이육사 시인이 여러 번 자신의 필명에 의미를 다르게 부여했던 것처럼 우리도 국어책 같은 의미에 갇히지 말고 나름의 의미를 부여해 보면 좋겠다. 나는 '백마 탄 초인'이 "목놓아 부르"고 있는 시인 자신이었다고 생각한다. 시련과 고난밖에 보이지 않는 광야이지만, 나 같은 사람이 또 나타나고, 나타난다면 그 광야는 결코 어둡지 않을 거라고 예언하는 것 같다.

쉽게 씌어진 시

윤동주

창밖에 밤비가 속살거려
육첩방은 남의 나라,

시인이란 슬픈 천명인 줄 알면서도
한 줄 시를 적어볼까,

땀내와 사랑 내 포근히 품긴
보내주신 학비 봉투를 받아,

대학 노-트를 끼고
늙은 교수의 강의를 들으러 간다.

생각해 보면 어린 때 동무들
하나, 둘, 죄다 잃어버리고

나는 무얼 바라

나는 다만, 홀로 침전하는 것일까?

인생은 살기 어렵다는데
시가 이렇게 쉽게 씌어지는 것은
부끄러운 일이다.

육첩방은 남의 나라
창밖에 밤비가 속살거리는데,

등불을 밝혀 어둠을 조금 내몰고
시대처럼 올 아침을 기다리는 최후의 나,

나는 나에게 작은 손을 내밀어
눈물과 위안으로 잡는 최초의 악수.

- 『하늘과 바람과 별과 시』(정음사, 1955)

—양심이 눈먼 저들에게

1942년 일본 유학 시절에 쓰인 「쉽게 씌어진 시」는 윤동주의 마지막 시로 알려져 있다. 침략국에서 공부를 해야 하는 지식인의 참담함과 환멸감이 담긴 이 시는, 반성적 성찰을 통해 현실을 극복하고 저항하려는 의지가 명백하다.

그런데 최근 귀를 의심케 하는 극악스러운 역사 인식을 가진 사람의 발언을 들었다. '일제강점기 선조들의 국적은 일본'이었으므로, 윤동주 시인 역시 일본 시인이었다는 것이다. 그의 주장에 따르면 윤동주 시인은 '히라누마 도쥬'로 창씨개명한 일본 시인이다. 피가 거꾸로 솟구치는 일이 아닐 수 없다. 호시탐탐 나라를 팔아먹으려는 친일파의 후예들이 이렇게 설치고 다녀도 될 일인가 싶다.

일본 재판부가 윤동주 시인에게 선고했던 징역 판결문을 다시 살펴보자. 그들의 말에 의하면 윤동주 시인은

첫째, 어릴 적부터 민족적 학교 교육을 받아 사상적 문학서를 탐독하며 교우에게 감화 등에 의해 일찍이 치열한 민족의식을 가슴에 품고 있었다.

둘째, 조선 독립을 위해 과거 독립운동의 실패를 반성하고 그 위

에 실력을 배양하고 일반 대중의 문화의식 및 민족의식 함양에 힘써야 한다고 결의했다.

셋째, 징병제도를 실시해 새로운 무기와 군사지식을 체득해 장래 대동아전쟁에서 일본이 패배에 봉착할 때 민족적 무력봉기를 결행해 독립을 실현해야 한다고 설파했다.

넷째, 문학은 어디까지나 민족의 행복 추구에 있다는 정신에 입각해 민족적 문학관을 강조하는 등 민족의식을 유발했다.

판결문을 읽는 내내 애국심으로 가슴이 뜨거워지고, 싸늘한 감옥에서 죽임을 당했던 시인의 고귀한 희생에 저절로 고개가 숙여지는 사람이 나뿐만은 아닐 것이다. 지금 권력을 탐하느라 양심이 눈이 먼 저들도 부디 이 판결문을 다시 읽어보기 바란다.

용산을 추억함

박소란

폐수종의 애인을 사랑했네 중대병원 중환자실에서 용
산우체국까지 대설주의보가 발효된 한강로 거리를 쿨럭이
며 걸었네 재개발지구 언저리 함부로 사생된 먼지처럼 풀
풀한 걸음을 옮길 때마다 도시의 몸 구석구석에선 고질의
수포음이 새어나왔네 엑스선이 짙게 드리워진 마천루 사
이 위태롭게 선 담벼락들은 저마다 붉은 객담을 쏟아내고
그 아래 무거운 날개를 들썩이던 익명의 새들은 남김없이
철거되었네 핏기 없는 몇 그루 은행나무만이 간신히 버텨
서 있었네 지난 계절 채 여물지 못한 은행알들이 대진여관
냉골에 앉아 깔깔거리던 우리의 얼굴들이 보도블록 위로
황망히 으깨어져 갔네 빈 거리를 머리에 이고 잠든 밤이면
자주 가위에 눌렸네 홀로 남겨진 애인이 흉만(胸滿)의 몸
을 이끌고 남일당 망루에 올라 오 기어이 날개를 빼앗긴
한 마리 새처럼 찬 아스팔트 바닥을 향해 곤두박질치는 꿈
이 머릿속을 낭자하게 물들였네 상복을 입은 먹구름 떼가
순식간에 몰려들었네 깨진 유리창 너머 파편 같은 눈발이

점점이 가슴팍에 박혀왔네 한숨으로 피워낸 시간 앞에 제를 올리듯 길고 긴 편지를 썼으나 아무도 돌아올 줄 모르고 봄은 답장이 없었네 애인을, 잃어버린 애인만을 나는 사랑했네

- 『심장에 가까운 말』(창비, 2015)

─ 타인의 상처를 내 안으로 키우는 사람들

불과 물의 이미지에 대해 배우는 수업 시간이었을 것이다. 선생은 진지로 충만한 내 눈빛이 부담스러웠는지 질문을 던졌다. "종권아, 너는 물 같은 사랑을 하고 싶니? 아니면 불 같은 사랑을 하고 싶니?" 나는 이 질문에 주저하지 않고 답했다. 심지어 사랑만큼은 전문 분야인 듯 거들먹거렸다. "선생님 사랑은 말이죠, 불과 물을 따지는 게 아닙니다, 그냥 물불 가리지 않고 할 수밖에 없는 것이죠." 선생은 적잖이 놀라는 눈으로 내게 다시 물었다. "그렇다면 물불 가리지 사랑은 어떤 사랑이니?" 나는 허수경 시인의 「폐병쟁이 내 사내」를 줄줄 외우고 답했다. "물불 가리지 않는 사랑이란 백정집 칼잽이도 되고, 허벅지 살이라도 떼어 선짓국을 끓이는 거라고 생각합니다." 선생으로부터 한 번도 시로는 칭찬을 받지 못했으나, 그날 물불 가리지 않는 사랑에 관한 문학성은 인정받았다.

이 시를 읽는 내내 아무 상관없는 지난날의 수업 시간이 왜 생각 났을까. 처음에는 한 글자도 못 쓰도록 시의 내용이 무거워 괜히 딴 생각에 빠져 있는 줄 알았다. 그런데 허수경 시인과 박소란 시인이 서로 만나는 지점이 있었다. 허수경 시인은 폐병이라는 시대의 어두운 병을, 박소란 시인은 용산 참사에 대한 시대의 상처를 자신의 삶으로 데려와 '내 사내'처럼 '애인'처럼 끌어안고 있었다. 시는 남의 슬픔을 대신 살아주는 일이라고 했던가. 직접 겪지 않은 일을 감히 이해하고 받아들이는 일은 일종의 교만일 수도 있다. 그러나 직접 겪은 일처럼 피해자가 되고, 유가족이 되는 일은 시인만이 살아낼 수 있는 시대의 윤리일지 모른다. 타인의 상처를 내 안에 키우는 일이야말로 진정한 공감의 시작일지 모른다.

용산 참사 16주기라고 하지만, 아직도 그날의 상처로부터 한 발자국도 멀어지지 않았다. 제대로 된 진상 규명이 이루어지지 않았으며, 어떻게든 토지를 자본이 사유화해서 독점하려는 폭력도 만연하다. 경찰특공대를 투입해 철거민을 강제 제압시켰던 책임자는 3선 국회의원이 되었고, 당 최고위원까지 지내며 호의호식하고 있다. 철거되지 않는 상처를 떠멘 사람은 피해자와 유가족뿐이다. 이 시는 내 가족이, 내 애인이, 내 이웃이 시대의 폭력으로부터 안전할 수 없음을 말하는 동시에 타인의 고통을 살아주는 일이 무엇인지 말한다. 온전히는 절대 아니겠지만, 애인이라 호명하며 상처에 가깝게 가는 방법을 알려준다.

광기의 재개발

서효인

백 원만 하던 너, 아직도 여기 있구나

모교 앞, 문방구는 이름이 바뀌고

주인 여자도 졸업식마냥 늙었는데

오래된 오락기 위에 먼지가 되어 앉았구나

백 원만 하던 너, 아직도 웃는구나

장마처럼 침을 흘리며 먼지처럼 닦이지 않으며

너를 보는 모교 앞

백 원만 하는 너

몰라보는구나 나를

국민 체조와 국기에 대한 맹세를 콧물과 함께 흘리던
교문에서

미친년이라고 아무리 놀려도 백 원만 백 원만 했다 넌

기억나니 넌, 고학년 오빠들이 아랫도리에 손을 찌르며

오락하듯 백 원을 넣고 흔들 때도 장마처럼 침을 흘렸
다 넌

145

백 원만 하던 너, 아직도 여기에

몇 떼의 구름이 지나가도록 섰구나

촌지처럼 교실은 시끄러운데

아직도 웃는구나 동전은 소리 내며 웃는데

너는 소리도 없이 진짜로 누가 미쳤느냐고

백 원만 백 원만 하며 묻고 있구나

- 『소년 파르티잔 행동 지침』(민음사, 2010)

— 미치지 않는 건 미친 사람뿐

「광기의 재개발」은 미치지 않는 건 "미친년"뿐이라는 역설의 시다. 개발을 거듭하는 자본주의의 광기를 상징을 통해 고발하고 있다. 흡사 블랙유머를 보는 것도 같다. 블랙유머는 대상을 희화화시키면서 인간 본성이나 사회에 섬뜩한 의미를 던진다.

시를 조금 더 자세히 읽어보자. '재개발된 젊은이'가 되어 어린 시절 학교 앞 문방구로 돌아온 화자 앞에 늘 문방구를 지키던 '미친년'이 나타난다. 그 사이 시간은 흐르고, 학교 주변도 교실 안의 풍경도 모조리 재개발되었다. 그런데 바뀌지 않은 것이 하나 있다. 바로 오락기 앞에서 "백 원만" 조르는 여자애다. 세월이 한참 지났는데도 여전히 "백 원만" 조른다. 그녀에게 백 원은 교환가치로서의 돈이 아니라 바뀌지 않는 빈곤과 폭력을 상징하는지도 모른다.

마지막 행에 다다르면, 광기 어린 재개발의 민낯이 드러난다. 재개발이라는 명목하에 사람을 조롱하고 짓밟는 행위는 끝나지 않았음을 알게 한다. 역설의 힘이 빛나는 시인데, "몇 떼의 구름이 지나가도록" 광기의 재개발은 계속될 것 같아 '침을 질질' 흘리는 건 그녀가 아니라 나다.

무음의 저항

전선용

눈雪은 억울하고 답답해도 소리 내어 울지 않는다

다만, 서서히 울먹일 뿐,

이름의 결기가 사막 모래처럼 뜨거운 건

야생에 익숙한 사람이기 때문이다

녹아내린 눈이 바다로 흐르지 않더라도

맹수의 눈을 피하지 마라

동백은 떨어져도 죽은 것이 아니니

바람에 이는 그 어느 것도 허물이 있어

흔들리지 않는다

바다를 만나는 일이란

강물이 되어 야수같이 울어야 하거늘

어느 한날 잠잠한 적 있었던가

바위를 돌아 맹골수도에 다다른 쪽배처럼

한 번은 딛고 넘어갈 파랑이니

무거운 목놓음이 이렇게 얼어붙었구나

가난이 죄라면 고드름이 되겠다

뚝뚝 눈물 흘리다가 사라지는,

- 『그리움은 선인장이라서』(생명과문학, 2023)

─눈물만이 저항인 세계

"무음의 저항"이라니, 제목부터 역설의 언어가 빛나는 시다. 유치
환 시인의 '소리 없는 아우성'이란 구절도 떠오른다. 고요하지만 패기
가 넘치고, 패기가 넘치지만 "억울하고 답답해도 소리 내어 울지 않
는" 약자의 세계도 보인다. 야수같이 울고 싶어도 "뚝뚝 눈물 흘리다
가 사라지는" 날이 얼마나 많았는가. 죽어도 죽지 않는 동백의 눈을
가지고 있다고 생각했으나 목을 꺾으며 울었던 적은 또 얼마나 많았
던가. 역설은 논리적 모순을 통해 현실이 가진 비애를 드러낸다.

나는 이 시를 보면 이럴 수도 저럴 수 없어 눈물만이 저항인 세계
가 보인다. 그 이유가 가난이라 이 시가 차라리 야생의 세계처럼 익
숙하지만, 소리 내어 눈물을 들킬 수는 없다.

오오 하느님

그 누가 도대체 무슨 말을 할지라도
오오 하느님. 이 세상은 모조리
당신의 것입니다.
그렇지만 가는 곳마다 숨어계시는 이여.

당신의 채찍질은 너무 아프고
당신의 욕심 또한 지나치게 이 어깨를
짓누릅니다.
드디어 이제는 끝도 없는 시련으로
허리가 굽고
설움이 지나쳐 가슴에 가득히
피눈물뿐이니
오오 하느님. 비로소 당신의 덫에서
놓아 주소서.
오히려 밤보다 더 짙은 어둠 속을
떼지어 달리며

마지막 남은 말을 큰소리로 외치고

결국은 당신이 버리신 마른 들풀로

뿌리까지 송두리째 타오르겠읍(습)니다.

오오 하느님. 가시나무 돌자갈밭

가는 곳마다 숨어계시는 이여.

당신의 손으로 나를 벌하소서.

나는 죄인입니다.

- 『靑山이 소리쳐 부르거든』(실천문학사, 1982)

―하나님의 이름 앞에 기도드리옵니다

「오오 하느님」은 또 다른 기도를 부르는 시다.

하나님, 하나님의 사랑을 권력의 수단으로 바꾸고, 정치의 무기로 만들려는 자가 있습니다. 「마태복음」 7장 15절 말씀에 '거짓 선지자를 삼가라'고 하셨지만, 신도들을 선동해 하나님의 법 위에 군림하고 있습니다. 무안공항 참사에 대해 '하나님이 사탄에게 허락한 것'이라 말하고, 심지어 지존이신 하나님한테 까불지 말라고 하고 있습니다.

하나님, 하나님을 신실하게 믿던 제 친구도, 그 거짓 선지자의 말에 속아 헌법재판소를 부수고 범죄자가 되었습니다. 누구보다 하나님한테 무릎을 꿇고 기도했던 친구였습니다. 하나님은 「유다서」 1장 23절 말씀에서 '또 어떤 자를 불에서 끌어내어 구원하라. 또 어떤 자를 그 육체로 더럽힌 옷까지도 미워하되 두려움으로 긍휼히 여기라'고 하셨으니. 제 친구를, 하나님의 백성들을 구할 용기와 지혜를 주소서. 하나님을 두려워하지 않고, 국민을 멸시하는 저 광란 어린 집단을 멸하소서. 사랑이 아닌 저주와 살기만 있는 교회로부터 우리를 구하소서. 교회가 역사의 죄인이 되지 않도록, 다시는 교회가 정치와

야합하지 않도록, 하나님의 법으로 다스리소서.

하나님이 준 시와, 하나님의 이름 앞에 기도드리옵나이다.

아멘.

워크에식 (Work ethic)

강백수

구걸 행위야 플라스틱 바구니 하나 앞에 두고
가만가만 앉아만 있으면 될 일인데
엎드려 하늘 향해 가지런히 모은
손끝에서 진정한 페이소스 느껴진달까
그래 저거 불로소득이 아니다 엄연한 노동이다
그것도 꽤나 전문성이 가미된

그 나름의 삶의 현장을 뒤로하고
나와 A씨는 손쉽게 돈을 벌기 위한 회의를 하러
건물 안으로 들어가 엘리베이터에 탔다
거울을 보며 눈곱을 떼고 미리 하품을 했다
예정된 회의시간을 다 못 채우고 다시 엘리베이터에
탔다
다시 눈곱을 떼고 하품을 했다

엎드려 있던 그는 일어나 담배를 피우고 있었다

가슴팍 주머니에 반짝이는 새 담배 한 갑이 들어 있었다
연기를 깊이 들이마시고 내쉴 때마다
보람찬 노동이 끝난 뒤의 후련함이 허공으로 흩뿌려졌다

맛있게도 피우시네요 저분
담배를 피우지 않는 내가 보기에도 그래 보였다

A씨가 말했다
담배를 안 피우면 구걸을 덜 열심히 해도 되지 않을까요
나는 그러게요, 말했지만 속으로 A씨의 흉을 봤다
이 사람아, 그래서 우리가 안 되는 거야
뭐든 대충하니까 이 삶이 제대로 보상을 못 받는 거야
최선을 다한 노동, 그 이후의 확실한 보상
진정성 넘치는 역동적인 삶을 감히 누가 나무랄 수 있
는가

삶의 의미가 고작 담배냐고
그렇다면 삶의 의미가 무엇이어야 하는가
나는 무엇을 위해 살고 있다고 떳떳하게 말할 수 있을까

자, 담배 두 개비를 태웠다
오늘은 좀 더 일하고 퇴근해야지

다시 무릎을 꿇는다

— 『가라 인생』(시인동네, 2025)

—저런 사람

짧은 꽁트가 떠오른다. 길거리에서 구걸하는 노숙자를 보고, 세 명의 엄마가 각각 자기 아이에게 말한다.

"저런 사람이 되지 않으려면 공부 열심히 해야 한다."

"저런 사람은 일할 수 있는데, 일하지 않으니 도와줄 필요 없다."

"저런 사람도 잘살 수 있는 세상을 만들기 위해 열심히 공부해야 한다."

세 엄마의 말 중에 어떤 말이 가장 희망의 근처에 있을까? 세 번째 엄마의 말이 그나마 희망적이지만, 나는 '저런 사람'이라는 주어가 바뀌지 않는 한 희망의 문장은 완성되지 않는다고 생각한다. 사람에 대한 온전한 이해 없이 '저런 사람'으로 치부하는 한 차별과 편견은 사라지지 않기 때문이다.

이 시는 구걸 행위에도 직업윤리가 있다는 유쾌한 발상의 시지만, "진정한 페이소스"를 담고 있기도 하다. A씨는 구걸 행위의 목적이 고작 담뱃값을 얻는 거냐고 비아냥거리지만, 노숙자는 "꽤나 전문성이 가미된" 손끝으로 "엄연한 노동" 행위를 하고 있다. 심지어 보람찬 하루 일을 끝낸 듯 허공으로 담배 연기를 흩날린다. 시인은 그 모습을 보고 우리에게 묻는다. 확실한 노동 뒤에 오는 진정성 있는 휴식에 대해 나무랄 수 있느냐고. 도대체 무슨 일을 해야 떳떳하거나 의미가 있을 수 있느냐고.

월급 루팡이라는 말이 있다. 제대로 일하지 않고 월급만을 축내는 직원을 일컫는다. 월급 루팡의 세계에서는 열심히 일하는 사람이 바보다. 그들은 월급을 노동의 대가로 보지 않고 자격의 대가로만 보기 때문이다. 그런데 월급 루팡이 어찌 회사에만 있겠는가. 국민 혈세를 받으면서도 진영 논리가 중요해 이유도 없이 거부권을 행사하고, 민주주의 기본인 투표권을 거부하고, 국민의 말에 눈과 귀를 닫는 것도 세비 루팡, 월급 루팡과 다름없다.

나도 한번 묻고 싶다. 담배 두 개비를 피우기 위해 철저하게 무릎을 꿇는 저 노숙자보다, 자신의 삶에 진실한 적이 있었느냐고. 국민의 뜻을 따르는 정치를 하기 위해 줄담배라도 피우면서 고민해 본 적은 있느냐고. 나는 텔레비전을 틀 때마다 내 아이들에게 저 세 엄마처럼 말하곤 한다.

"저런 사람이 되지 않으려면 주어진 일의 무게를 알아야 한다."

"저런 사람이 되어 일하지 않는 것보다, 작은 일이라도 사람한테 도움이 되는 일을 해야 한다."

"저런 사람이 함부로 못 하는 세상을 만들기 위해 공부해야 한다."

노동의 새벽

박노해

전쟁 같은 밤일을 마치고 난
새벽 쓰린 가슴 위로
차거운 소주를 붓는다
아
이러다간 오래 못 가지
이러다간 끝내 못 가지

설은 세 그릇 짬밥으로
기름투성이 체력전을
전력을 다 짜내어 바둥치는
이 전쟁 같은 노동일을
오래 못 가도
끝내 못 가도
어쩔 수 없지

탈출할 수만 있다면,

진이 빠져, 허깨비 같은

스물아홉의 내 운명을 날아 빠질 수만 있다면

아 그러나

어쩔 수 없지 어쩔 수 없지

죽음이 아니라면 어쩔 수 없지

이 질긴 목숨을,

가난의 멍에를,

이 운명을 어쩔 수 없지

늘어 처진 육신에

또다시 다가올 내일의 노동을 위하여

새벽 쓰린 가슴 위로

차거운 소주를 붓는다

소주보다 독한 깡다구를 오기를

분노와 슬픔을 붓는다

어쩔 수 없는 이 절망의 벽을

기어코 깨뜨려 솟구칠

거치른 땀방울, 피눈물 속에

새근새근 숨 쉬며 자라는

우리들의 사랑

우리들의 분노

우리들의 희망과 단결을 위해

새벽 쓰린 가슴 위로

차거운 소주잔을

돌리며 돌리며 붓는다

노동자의 햇새벽이

솟아오를 때까지

- 『노동의 새벽』(느린걸음, 2014)

—응답하라 1984

필명 자체가 저항이자 염원인 시인이 있다. '박해받는 노동자의 해방'이라는 필명을 가진 박노해 시인이다. 실명이 중요하지 않을 만큼 1980년대의 뜨거운 상징이 박노해였다. 1984년 처음 출간한 『노동의 새벽』은 거의 최초로 노동자가 노동자의 입장에서 쓴 시집이었으며, 1970년대 노동 문학보다 훨씬 구체적이며 실천적이라는 평가를 받았다. 금서였음에도 백만 부 이상 팔렸으며, 한국 사회에 큰 파장을 일으켰다. 시인은 얼굴 없는 시인이었으며, 민주화 운동가로 복권되어 국가보상금을 받을 수 있었으나 거부했다.

박노해 시인은 누가 뭐래도 1980년대의 뜨거운 상징이자, 전설이다. 그러나 나는 전설 같은 이야기보다 1984년에 관해 이야기하고 싶다. 이유가 있다면 내가 시집 『노동의 새벽』과 나이가 같기 때문이다. 나는 아주 운 좋게 『노동의 새벽』을, 초판을 출간한 풀빛출판사 판화시집으로 읽었다. 금서의 원본을 손에 쥐었다는 것만으로도 손가락은 까닭 모르게 떨렸고, 까닭 모르는 비장함으로 목에는 두 줄기 땀을 흘려야만 했다. 그때 나이 스물한 살이었고, 학비를 벌고자 아르바이트에 목맬 때였다.

나는 택배 상하차 아르바이트를 주로 했는데, 고단하기는 해도 보수가 나쁘지 않았다. 하차는 새벽 4~6시, 상차는 저녁 6~8시, 학업과 병행하기에도 좋았다. 그런데 택배 물량이 터지는 날들이 있었다. 그런 날에는 11톤 트럭 4대를 2인 1조로 가득 채워야만 했다. 퇴근 시간이 정확했던 적은 단 한 번도 없었다. 젊음을 자랑하는 나이였지만, 매일 같은 노동은 버거웠다. 그래도 학비가 되고, 월세가 되고, 술값이 되는 희망찬 노동을 멈출 수는 없었다.

　가끔 너무 버겁다 싶으면 소위 말하는 '혼술'을 즐겼다. 혼술을 마실 때마다 나는 『노동의 새벽』 시집 앞에 소주잔을 놓고 "차거운 소주"를 부었다. '친구 고생했네, 자네의 노동에 비하면 나는 너무 하찮지 않은가.', '친구, 내가 시 한 편 썼다네. 어째 자네처럼 몸으로 살지 않는 언어는 좀 싱거운가, 어쩐가.', '자네가 쓴 시집 덕분에 월급을 옳게 받고 있네, 오늘은 특별히 쏘맥으로 말아 줄 테니 한잔하시게.' 이렇게 혼잣말 아닌 혼잣말들을 중얼거리면 신비롭게도 위로가 되었다. 그 시절 『노동의 새벽』은 쓸쓸한 술상을 지켜주는 벗이었으며, 캄캄한 하루 끝에 만나는 별이었다. 내 청춘의 별자리에 반드시 새겨져 있는 시인이 박노해였던 것이다.

　어느덧 시집도 나도 나이를 먹었다. 다시 시집을 열어 보아도 뜨거웠던 자리가 잘 보이지 않는다. 내 안의 별자리를 헤집어도 애처로운 눈빛만 보일 뿐이다. 슬퍼하지는 않는다. 무엇도 잘못된 것은 아니다. 다만, 시간으로 뜨거웠던 현실과 시인과 청춘과 나와의 거리가 멀어졌을 뿐. 오늘은 그 거리를 좁히기 위해 혼술하고 싶다.

'친구여, 자네가 꿈꾸던 세상은 왔는가.'

'나여, 피눈물 나는 세상에서 시인이 되었는데 도대체 무엇을 하고 있는가.'

희망의 시

"한 걸음 더 나아가리라"

축제

김해자

물길 뚫고 전진하는 어린 정어리 떼를 보았는가
고만고만한 것들이 어떻게 말도 없이 서로 알아서
제각각 한 자리를 잡아 어떤 놈은 머리가 되고
어떤 놈은 허리가 되고 꼬리도 되면서 한몸 이루어
물길 헤쳐 나아가는 늠름한 정어리 떼를 보았는가
난바다 물너울 헤치고 인도양 지나 남아프리카까지
가다가 어떤 놈은 가오리 떼 입 속으로 삼켜지고
가다가 어떤 놈은 군함새의 부리에 찢겨지고
가다가 어떤 놈은 거대한 고래 상어의 먹이가 되지만
죽음이 삼키는 마지막 순간까지 빙글빙글 춤추듯
나아가는 수십만 정어리 떼,
끝내는 살아남아 다음 생을 낳고야 마는
푸른 목숨들의 일렁이는 춤사위를 보았는가
수많은 하나가 모여 하나를 이루었다면
하나가 가고 하나가 태어난다면
죽음이란 애당초 없는 것

삶이 저리 찬란한 율동이라면

죽음 또한 축제가 아니겠느냐

영원 또한 저기 있지 않겠는가

- 『축제』(애지, 2007)

─ 광기와 공포를 노래와 춤으로

시 한 편 읽었을 뿐인데 파랑이 우거지는 정어리 떼가 지나가고 있다. 물속 축제에 초대받은 듯 눈동자부터 푸르게 바뀌고 있다. "찬란한 율동"을 바라보면 영혼의 물결무늬 하나를 얻는 것도 같다. 축제란 본디 치유와 회복을 위해 물꽃을 피워올리는 일이고, "수많은 하나가 모여 하나를 이루"는 것임을 알겠다.

'가난한 영혼이 고통받는 모든 곳에 김해자의 시가 있다'는 말이 있다. 나는 12.3 비상계엄의 공포를 이겨내고자 탄핵 집회에 간 적이 있었고, 그곳에서 김해자의 시를 보았다. 분열과 대립, 혐오와 갈등을 조장하는 더러운 사회지만, 시민들은 하나의 목소리로 평화의 푸른 물결을 그리고 있었다. 더욱 놀라운 점은 축제 같은 시위의 모습이었다. 2030 세대가 주축이 되니 K팝이 흘러나왔고, 분노를 담은 응원봉이 물결을 이루었다. 정치에 무관심한 것을 미덕이라고 생각하는 세대인 줄 알았는데, 세련된 시위 문화와 성숙한 민주주의를 보여주고 있었다.

시참(詩讖)이라고 했던가. 이 시는 2017년도에 쓰였지만, 오늘의 시위 현장을 그대로 그려내고 있다. 나라는 민주주의의 죽음을 비상

계엄 선포로 알렸지만, 국민은 상갓집을 차리는 것이 아니라 축제의

장을 열었다. 광기와 공포를 노래와 춤으로 바꾸며, "끝내는 살아남"

는 건 국민이라고 외치고 있었다. "나아가는 수십만 정어리 떼"처럼

김해자의 시가 푸른 파도를 일으키고 있었다.

봄인데 말이야

- 복희

함순례

아파서

많이 아픈 몸으로 너는 누워 있고

간단없는 통증에 글썽이는 눈 파르르 떨고 있고

나는 걷고 있지

성내천변은 거대한 반란지대

희고 노란 봄년들이 발칙하게 손을 흔들고

재개발아파트 허물어진 얼굴로 그런 봄년들을

멀거니 내려다보는데

저 무장한 발랄함도 긴 겨울을 건너온 통증이니까

아프다는 건 열망이 남아 있다는 거니까

나는 찬란하게 걷고 있지

173

이 도도한 무늬들 온몸에 빨아들이는 거지

오랜 시간 천천히 낡아간 집이 더디게 새 둥지를 틀듯

거머리가 꿈틀꿈틀 나쁜 피 핥듯

지금 밖은 온통 새살, 새살 돋아나는 봄인데 말이야

병든 살을 도려낸 네 발에 고스란히 이식할 거야

너 살아오면

- 『나는 당신이 말할 수 없는 것을 말하고』(애지, 2018)

―마냥 걸을 수밖에 없는 계절에

　상처에도 계절이 있다면 어느 계절이 가장 쓰라릴까. 여름은 맹렬하게 살아내기 바빠 상처를 돌보기 어렵고, 가을은 결실이 있으니 상처가 때로는 안식의 방법이기도 하고, 겨울은 혹독하기는 하나 씨앗이 되는 계절이다. 그렇다면 봄이 가장 쓰라린 건 아닐까. 봄빛은 따사롭지만, 차가운 현실을 바꿔주지는 못한다. 봄꽃이 설레도록 미쳐 날뛰어도 얼어붙은 마음은 쉬이 녹지 않는다. 괜히 아프고, 괜히 눈물이 고이기도 한다. 봄은 이름 없는 상처가 붐비는 계절이자, 상처 없이도 쓰라린 계절인지 모른다.

　이 시를 봄이 오는 길목에서 읽었다. 읽는 내내 화자가 대신 살아주고 싶은 '복희'의 상처가 쓰라려 나를 무작정 걷게 했다. 어떤 위로는 스스로 먼저 살아주어야만 건넬 수 있는 거라고 했나. 살아서, 살아줄 수만 있다면 '복희'의 봄날을 다 걸어주고 싶었다. 살아주고 싶은 만큼 걸었고, 제발 살아달라고 시를 읽듯이 걸었다.

　'복희'는 "간단없는 통증"에 시달리고 있고, "재개발아파트"는 상처 많은 얼굴로 "봄년"들을 내려다보고 있다. 대조적 이미지를 통해 병이 주는 절망과 열망을 말하고 싶은 것일 텐데, 나는 복희와 봄년,

175

화자가 한 방울의 눈물로 흐르고 있어 분석보다는 감상에 눈이 멀었는지 모르겠다. "봄년"이란 표현이 상스럽게 오지 않고, 안타까움으로 오는 까닭은 "겨울을 건너온 통증" 때문이라고 묻지 못했다. 다만, 사람이 사람을 사랑한다는 것은 "거머리"라도 되어서 "나쁜 피"를 모조리 빨아주고 싶은 거냐고 묻고 싶었다. 병든 살을 도려낸 발에 키스하고 싶은 마음은, 도대체 어떤 사랑의 시작이냐고 묻고 싶었다. '복희'는 다시 살아왔냐고 묻고 싶었지만, 새살이 돋는 상처에 쓰라린 발걸음만 옮기고 있었다. 물을 수 없는 것이 많을 수록 꽃처럼 피어나는 발걸음, 꽃말이 없어 이식하듯 이생의 봄날을 다 걸을 수밖에 없었다.

화마 火魔

문경수

화염 앞에 다가서면서 마주한 벽

돼지들이 고기 굽는 냄새를 풍기며 질식사하는
혹한의 겨울 새벽
양돈장 화재 현장에서 깨단한 그 벽은

따뜻하다
환하고 밝은 게
때론 아름답기도 하구나

온기로 둔갑한 살기에 취해
그 똥 묻은 벽에 기대어
눈물 콧물 조금쯤 흘린 적 있다

휩싸인 연기 속에서
살길을 더듬어 가는 소방대원보다는

방송사 카메라 앞에 얼쩡거리는 얼뜨기에
내가 가까웠다는 사실을
아무도 알아채지 못하도록

따뜻한 화마만은 덮어 주었으므로
속삭였으므로

한 걸음 물러서, 뒤로 빠져, 그만하면 됐어

하한선뿐인 인생
버틴다는 건 다시 말해
비겁함이라는 밑바닥에 자갈처럼 박혀
움직이지 않는 하찮은 자세 같은 것

소방차들도 하나둘 철수하고 숯등걸도 긴긴 잠에 빠지
는 그곳에서

난 무엇과 싸웠나 이제 와 고백한다

불 앞에 서는 것보다
불을 끄고 난 뒤
폐허가 된 현장의 암흑과 추위를

더 무서워하고 있었음을

나는 진정 나 자신과 싸워 본 일이 없음을

- 『틀림없는 내가 될 때까지』(걷는사람, 2024)

—숭고한 고백

이 시는 고백의 윤리이자, 가혹한 진실에 대한 반성이다. 고백으로부터 길어 올린 시는 시인의 경험을 재발견하거나 재구성함으로써 자기반성과 자기정화, 자기비판을 마주하게 한다. 문경수 시인은 양돈장 화재를 통해, 내면에서 꺼지지 않는 가혹한 진실을 발견하고 끝까지 마주한다. "불 앞에 서는 것보다 / 불을 끄고 난 뒤 / 폐허가 된 현장의 암흑과 추위"를 무서웠다고 고백함으로써, 자기 윤리성을 얻는다. 여기서 윤리란 규범이나 도덕 관념과는 다르다. 시의 윤리란 타인의 고통을 대면하고 스스로 확신해왔던 어떤 가치가 흔들릴 때 오는 것이다.

"난 무엇과 싸웠나" 이 고백은 최선이 최선일 수 없는 소방관의 삶이라서 가능한 고백이고, 화마가 덮친 이후의 삶을 내다보고 있기에 가능한 고백이다. 불보다 불이 지나간 자리를 살아가야 하는 타인의 고통이, 그 고통을 어찌할 수 없는 무력함이, 시의 발화점이자 고백의 발화점인 것이다. 가혹한 아름다움이라고 부르고 싶어도 도무지 가늠할 수 없는 숭고한 고백에 고개부터 숙이게 된다.

실업

여림

즐거운 나날이었다 가끔 공원에서 비둘기 떼와
낮술을 마시기도 하고 정오 무렵 비둘기 떼가 역으로
교회로 가방을 챙겨 떠나고 나면 나는 오후 내내
순환선 열차에 앉아 고개를 꾸벅이며 제자리걸음을 했다
가고 싶은 곳들이 많았다 산으로도 가고 강으로도
가고 아버지 산소 앞에서 한나절을 보내기도 했다
저녁이면 친구들을 만나 여느 날의 퇴근길처럼
포장마차에 들러 하루분의 끼니를 해결하고
아무렇지도 않게 과일 한 봉지를 사들고
집으로 돌아오는 길은 아름다웠다 아내와
아이들의 성적 문제로 조금 실랑이질을 하다가
잠자리에 들어서는 다음날 해야 할 일들로
가슴이 벅차 오히려 잠을 설쳐야 했다

이력서를 쓰기에도 이력이 난 나이
출근길마다 나는 호출기에 메시지를 남긴다

'지금 나의 삶은 부재중이오니 희망을

알려주시면 어디로든 곧장 달려가겠습니다'

- 『비 고인 하늘을 밝고 가는 일』(최측의농간, 2016)

── 살아야 한다는 근사한 이유

'살아야 한다는 근사한 이유'를 못 찾고 홀로 쓸쓸하게 죽어간 시인을 생각하는 밤이다. 시인이 죽어도 이름 하나, 시 한 편 기억하지 못하는 세상을 우리는 어떻게 사랑해야 할까. 고민이 깊어지는 밤이기도 하다.

얼마 전 사랑이라고 믿었던 직장을 잃고 다시 이 시를 읽었다. 살아낼수록 피폐해지고, 사랑할수록 이가 빠지는 고통을, 시는 알고 있는 것 같았다. 하지만 시는 응답하지 않았다. 시는 희망의 잉크를 가지고 있으면서도 눈물겨운 것들이 섞이면, 온통 검정으로 번지게 할 뿐이었다. 온통 검정에는 별도 뜨지 않으므로 어둠에 익숙해지고, 침묵에 익숙해지고, 결국 부재의 삶에 빠지게 될 뿐이다.

여림 시인은 달랑 시 한 편을 세상에 내놓고 기나긴 어둠에 들었다. 첫 시집이 마지막 시집이 되었으며, 아주 눈 밝은 독자라도 그의 별자리가 되어주지는 못했다. 시가 그를 외롭게 했지만, 시를 사랑하는 우리도 외롭게 했던 건 아니었을까. 그 캄캄한 부재의 삶을 생각하면 희망이 가장 외로운 형식의 고문 같기도 하다.

부디 여림 시인을 기억해 주었으면 좋겠다. 기억은 외롭고 쓸쓸한 사람을 다시 살게 하는 힘이자, 온통 검정의 하늘에 별자리를 하나 만드는 일이다. 여림 시인. 단 한 번 만난 적 없지만, 나는 그가 남긴 시를 읽으며 다시 한번 다짐해보는 것이다. 절망적인 부재 상태가 오더라도 '살아야 한다는 근사한 이유'를 잃지 않겠노라고.

진정한 여행

가장 훌륭한 시는 아직 쓰이지 않았습니다

가장 아름다운 노래는 아직 불리지 않았습니다

가장 영광스러운 날은 아직 살지 않았습니다

가장 광활한 바다는 아직 항해되지 않았으며

가장 먼 여행은 아직 끝나지 않았습니다

불멸의 춤은 아직 추어지지 않았으며

가장 빛나는 별은 아직 발견되지 않았습니다

우리가 무엇을 해야 할지 더 이상 알 수 없을 때

비로소 진정한 무언가를 할 수 있습니다

우리가 어느 길로 가야 할지 더 이상 알 수 없을 때

비로소 진정한 여행이 시작됩니다

─아무것도 없을 때 비로소 할 수 있다

시를 쓰면 굶어 죽는다. 내가 아는 모든 사람이 했던 말이다. 그리고 꼭 덧붙이는 말이 있었다. 시를 쓰려면 중요한 게 재력이고, 재력보다 중요한 게 노력으로 얻을 수 없는 문학적 재능이라고. 나는 좌절하지 않을 수 없었다. 재력 없음과 재능 없음을, 사랑하는 모든 사람으로부터 확인받는 것 같았기 때문이다. 어찌 단 한 사람도 시를 써도 괜찮다는 사람이 없을까. 내가 시를 쓰는 행위가 생존을 위협하는 일이자, 재능을 모독하는 일이라도 되었을까. 나의 내부는 끝없는 물음표로 들끓었고 금방이라도 폭발할 것 같았다.

없음의 방황이라고 해야 하나. 없음의 폭발이라고 해야 하나. 나는 없음의 명분으로 허구한 날 술에 절여져야 했다. 참으로 신비로운 건 술로 피폐해지는 청춘이 나쁘지는 않게 다가왔다는 사실이다. 저주받은 사랑에 빠진 듯 달콤할 뿐이었다. 없음의 가슴이라도 시가 주는 술에는 늘 햇빛이 돌았고, 이내 뜨거운 피로 바뀌곤 했다. 그리고 그 없음의 술잔에 마침표를 찍는 날이 있었다.

그날도 겨울 짧은 햇살이 하도 따사로워, 낮술에 취해 있었다. 술에 취해 벗들을 찾는데 죄다 강의실에 있는 것이었다. 똑같이 재력도 재능도 없는 것들이 왜 강의실에 앉아 있단 말인가. 나는 누구라도 꼬셔서 술이나 한잔 더 하고 싶었다. 그런데 이걸 어쩌나. 강의실 앞에는 백발을 흩날리는 정현종 시인이 있는 것이었다. 세상 어느 연예인보다 시인이 가장 아름답다고 여기던 시절이었는데, 시인 중에 시인 정현종 시인이라니. 나는 무얼 하다가 들킨 사람처럼 얼굴이 붉어져 버렸다.

"저기 얼굴에 복사꽃이 핀 친구, 무슨 질문 있나."

특강 막바지 질문 시간이었는데, 정현종 시인은 내가 질문을 하는 줄 알고 물었다. 나는 사실 맨정신은 아니어서 죄송하다고 말씀드리려고 했는데, 나도 모르게 폭발하듯 질문이 터져 나오는 것이었다.

"선생님, 시를 쓰려면 이 두 주먹에 모래알 하나라도 쥐고 있어야 할 것 같은데 아무것도 없습니다. 재능 없음을 탓하며 두 주먹으로 가슴만 치며 살 수는 없는 노릇입니다. 재력, 재능, 믿어주는 사람, 아무것도 없는데 어떻게 시를 쓸 수 있습니까?"

모두 알고 있었다. 내가 취해서 질문을 막 하고 있다는 사실을. 그러나 정현종 시인만은 물음표로 가득한 나의 진심을 듣고 답해주었다.

"아무것도 없을 때가 비로소 무엇이라도 할 수 있을 때입니다. 시는 재력과 재능의 문제가 아니라 용기의 문제일 수 있습니다. 아무도 믿어주지 않을 때 스스로를 믿어보는 용기를 가졌으면 좋겠습니다. 용기 내라고 제가 좋아하는 시를 하나 읽어 드리지요."

그날 정현종 시인이 읽어주었던 시가 「진정한 여행」이었다. 이 시 덕분이었을까. 나는 재력과 재능 없이도 시인이 되었다. 아니, 재능과 재력이 없었기 때문에 그토록 꿈꾸었던 시인이 되었다. 나침반도 없는 어두운 길이 사실은 여행의 시작이었고, 방황이야말로 청춘한테 주어진 기회였다. 우리의 진정한 여행은 아무것도 시작되지 않았다고, 시인의 자격으로 이 시를 여러분께 돌려드리고 싶다.

난장이 화가 로뜨렉 전시장에서

이건청

코로나바이러스가

나라를 뒤덮은 어느 날

흰 마스크를 쓰고

흰 마스크를 쓴 아내와

미술 작품 전시장엘 갔었다

전시장엔 마스크를 쓴 사람들이

뒷짐을 지고, 다리를 끌며

액자 속 그림들을 건너다보고 있었는데,

키도 마음도 작아져

난장이가 된 난장 나라 사람들이

벽 쪽을 건너다 보고 있었는데

마음도 뼈도 자꾸 다치고 부서져서

난장이가 된 사람들이

반쯤 얼굴 가린 마스크를 쓰고

난장이 화가 뚤루즈 로뜨렉 전시장엘 갔었는데,

말 타는 사람들과 춤추는 사람들이

액자를 채우고 있었다

팔다리 길쭉길쭉한 사람들이었다

챙 넓은 모자를 쓴

키 큰 무희들이

건너편에서

긴 다리를 펄쩍 펄쩍

들어 올리고 있었다.

- 『〈웹진 공정한 시인의 사회〉 vol.60』(2020)

—영혼의 높이를 지키는 장애

코로나바이러스가 창궐한 봄날이었던가. 봄이 왔지만 입이 없어 노래할 수 없고, 노래할 수 없어 목련꽃마저 마스크를 쓰고 있는 것 같았다. 누구 하나라도 기침을 하면 혐오 섞인 눈빛으로 바뀌었고, 상추쌈을 서로 입안에 넣어주던 다정한 봄밤도 격리되었다. 그냥 주어지던 일상이 얼마나 근사한 것인지 우리는 팬데믹을 통해 알았다.

이 시는 팬데믹을 통해 영혼의 높이가 망가진 사람의 모습을 난장이로 표현한다. 조세희의 난장이가 소외된 계층을 가리켰다면, 시인의 난장이는 팬데믹으로 인해 서로 경계하고 두려워하는 인간성 상실을 가리키고 있다. 그리고 이 시는 단지 상징성만을 내세우지 않는다. 이 시의 백미는 난장이가 된 사람들이 난장이 화가 전시장에 갔다는 것이다. 흔히 난장이 화가가 그린 그림은 자기연민에 빠져 있거나 결핍으로부터 자유로울 수 없다고 생각하기 쉽다. 그런데 난장이 화가 뚤루즈 로뜨렉의 그림은 어느 하나 왜곡된 것이 없었고 "말 타는 사람들과 춤추는 사람들", "팔다리가 길쭉길쭉한 사람들"을 애정 어린 시선으로 그리고 있다. 아마도 시인은 신체적인 장애와 마음의 장애 중 어느 것이 진짜 장애냐고 묻고 싶었을 것이다.

세상에 아무리 무서운 질병도 인간보다 오래 살아남지는 못한다. 여기서 인간다움을 지켜내지 못하면 우리는 스스로 뼈를 허물어뜨리는 난장이에 불과하다. 이 시는 말한다. 마음의 뼈를 곧추세워 인간만이 가질 수 있는 영혼의 높이를 지켜내라고. 세상이 주는 편견과 거짓에 덮이지 말고, 절대 훼손될 수 없는 마음의 눈을 뜨고 있으라고.

• 뚤루즈 로뜨렉 (1864~1901)

근친혼 때문인지 태생부터 허약했고, 뼈가 유난히 약했다. 어릴 적 허벅지 뼈가 부러지는 바람에 키가 크지 않는 장애를 얻었다. 그러나 마음의 뼈는 어디 하나 부러지지 않는 사람이었다. 신분이나 지휘 고하에 연연하지 않았으며, 도덕적 판단이나 감상주의에 함몰되지 않았다. 오직 자신이 그리고 싶은 그림을 그렸다.

아방가르드

권수진

혁명은 멀고

술은 가까워

익숙한 자리에서 발목을 자주 접질렀다

마르크스 『자본론』을 읽은 지 엊그제 같은데

우리가 그토록 바라던 내일은

내 일이 아니었으므로

아직 세상에 도래하지 않았다

여기서 딱 한 잔만 더 마시자며

술을 부추기는 친구 조언을 묵살하는 밤

방황이 이토록 긴 줄 알았다면

남들처럼 적당히 선에서

타협하는 인생을 살아야 했다

사랑은 여전히 어렵고

명멸하는 별빛 속에

북극성과 카시오페이아를 자주 혼동하곤 했다

삶이란 술 취한 회전목마 같아서

제자리에 가만히 서 있는 것조차

가끔 버거울 때가 있다

아무런 줏대 없이

자꾸 2차를 권하는 무리에 휩쓸려

집은 점점 멀어지고

길은 점차 사라지고

막차 떠난 정거장을 한참 동안 서성인다

뜻이 있는 곳에 길이 있다면

아무래도 이번 생의 모의는 실패,

인 것 같다

- 『가이사의 것은 가이사에게로』(시인동네, 2022)

—실패하며 살아가는 모든 이에게

아방가르드는 역사와 사회로부터 완벽하게 자유로운 예술을 꿈꾼다. 시가 아니면 아무것도 아닌 존재의 순수를 꿈꾼다고 할 수 없고, 진실이 실패의 증명이 될지라도 창조적 저항을 멈출 수 없다. 이런 점에서 시는 아방가르드의 본질을 잘 드러낸다고 할 수 있다.

이 시는 혁명을 꿈꾸었지만 "이번 생의 모의는 실패"라고 자조 섞인 목소리를 낸다. 아방가르드는 자유를 쟁취했음에도 자유와 싸워야 하는 운명이자, "그토록 바라던 내일"이 "내 일"이 될 수 없는 운명이기 때문이다. '적당한 선'을 찾았다면 아방가드르적 삶을 버리고 자본주의와 타협을 봤을까. 나는 아니라고 본다. 시인은 실패할 수밖에 없는 길을 뻔히 보고도, 그 길을 향해서만 걸을 수 있는 운명이기 때문이다.

그리하여, 이 시는 실패를 온전히 살아낸 자의 것이자 실패일 수 없는 자기 윤리성을 획득한다. 실패해서 쓰여진 시가 아니라, 세상이 말하는 실패로부터 저항하기 위해 쓴 시라 할 수 있다.

오늘도 실패하며 살아가는 모든 이에게 이 시를 바친다.

알고리즘

백인경

한 친구가 내게
AI가 조합해 그려낸 이미지를 보여주었다.
이런 게 바로 새 시대의 예술이 아니냐며
그러나 아마 문학만큼은 대체할 수 없을 거라고
그런 말을 급하게 덧붙인다는 것은
이미 AI가 문학을 대체하고 있다는 뜻이다
오직 사람만이 그런 표현을 쓴다

만일 그것이 사실이라면
나의 부모는 큰 상심에 빠질 것이다

냉장고 문 너무 자주 여닫지 마라 서리 낀다
시 써서 퍽이나 먹고살겠다며
얼린 갈치를 꺼내던 엄마에게
엄만 서리가 중요해 내가 중요해?
뭔 소리고?

이런 게 시야 엄마

이런 게

그랬는데

AI는 회원 가입을 위한 몇 가지 질문을 던졌다

사이트 공개 전부터 조립된 것이었다

자동 가입을 방지하기 위한 아래 질문을 확인해주세요

당신은 사람입니까?

yes

개 모양의 쿠키가 포함된 각 이미지를 클릭하세요

여기서부터 막히기 시작했다 그러니까

개 모양의 쿠키는 어떤 은유를 뜻하나요?

기후 위기와 곡물 파동 속 언어로부터 단절된 인간의

소통 양상이라고 해석할 수 있나요?

이토록 파편화된 이미지에 의미를 부여하는 것은 방문

자의 몫인가요?

질문에 대답하지 않는 모습까지 완벽하게

AI가 문학을 대체할 수 있다는 주장이 타당해졌다

시인은 이제 곧 아름답게 은유될 것이다

불 꺼진 빈방 속의 불나방

덤불 속에서 죽은 실종견

말라 죽어가는 나무 아래 쌓인 얼음

비눗방울로 만든 크리스마스 오너먼트

서리 낀 냉동고 속에 붙인 바다 사진

너 그거 알아? 라는 질문에

늘 응, 하고 대답하던 사람처럼

미치는 것과 고장 나는 것 중 무엇을 택하는지가

인간적인 태도의 척도가 된다

고장 난 것처럼 벌벌 떨며 휴대폰을 멀리 치워놓았다

딱 한 번 검색한 단어로 끈질기게

나를 모조리 이해한 척하던 것처럼

내 두려움마저 고스란히 표절당할까 봐

이건 거의 산업스파이가 아닌가

앞으로 시인들을 무엇으로 먹고산단 말인가

아는 시인들을 모조리 불러 모아 시국 선언을 하려 했지만

생각해보니 시는 산업의 영역이 아니었다

아는 시인도 별로 없었다

- 『멸종이 확정된 동물』(봄날의책, 2024)

―시인은 이제 곧 아름다운 은유

"AI가 쓴 시집 읽어봤어?"

요즘 제일 많이 받는 질문이다. 질문을 던지는 사람은 대부분 시집 한 권 제대로 읽어보지 않은 사람이다. 그들이 보기엔 인공 시인이 시의 생태계를 다 망가뜨리거나 잡아먹을 수 있는 황소개구리처럼 보이는가 보다. 전혀 신경은 안 쓰이지만, 1만 권의 시집을 읽었다는 인공 시인의 시가 궁금해 읽어보긴 했다.

놀라지 않았다고는 할 수 없다. 센터나 학교에서 수년씩 배웠다는 사람보다 시 자체의 완성도는 높았다. 그런데 그게 끝이었다. 평가할 필요도 없고, 덧붙일 마땅한 말도 없었다. 나는 좋은 시를 좋아하는 거지 잘 쓴 시를 좋아하지 않기 때문이고, 무엇보다 시는 경쟁이 아니기 때문이다.

다시 누군가 내게 인공 지능 시인을 운운하면 대답 대신 이 시를 먼저 보여주고 싶다. "AI가 문학을 대체할 수 있다는 주장"을 재치와 유머로 맞서고 있을 뿐만 아니라, 시인만이 추구할 수 있는 아름다운 은유까지 숨겨 놓았기 때문이다. 이 시는 "딱 한 번 검색"으로 인간의 모든 것을 이해하고 두려움까지도 표절할 수 있는 알고리즘의 무시

무시한 능력을 말하는 동시에 아름답게 은유되는 시인의 모습을 노래함으로써 알고리즘의 한계를 드러낸다. 이 시가 가장 빛나는 지점이다. AI가 아무리 학습 능력이 뛰어나다고 해도, 문학이 돌이킬 수 없는 변방으로 간다고 해도, 진실을 노래하는 건 시인의 은유밖에 없다.

그리고 기쁘다. 나는 백인경 시인이 아는 시인 중 한 명이다.

살구

이혜미

기다렸어
울창해지는 표정을
매달려 조금씩 물러지는
살의 색들을

우글거리는 비명들을 안쪽에 감추고
손가락마다 조등을 매달아
검은 씨앗을 키우는 나무가 되어

오래 품은 살殺은 지극히 향기로워진다

뭉개질수록 선명히 솟아나는 참담이 있어
마음은 죽어서도 끝나지 않는다

그래서 어떤 나무는 침대가 되고
어떤 나무는

교수대가 된다

열매들이 다투어 목맨 자리마다
낮은 신음소리가 흘러나왔다

매일 밤 들려와
나무들이 개처럼 죽은 개처럼
허공을 향해 짖어대는 소리가

구겨진 씨앗을 입에 물고 웃는다

과육은 핑계였지
깨어져야만 선명해지는 눈동자들이 있었으니까

- 『빛의 자격을 얻어』(문학과지성사, 2021)

—끝내 씨앗을 발견하는 사람

누가 뭐래도 난 나무가 키운 시인이었다. 이팝나무가 시인으로 만들어 주었으며, 문학상을 받은 시들은 내가 문학의 숲을 거닐다 얻은 나무의 이름들이었다. 아무리 생각해봐도 신비로운 일이었다. 나무는 나의 또 다른 몸이자 핏줄과 다름없었다. 아니, 나무는 나를 세상으로부터 빛 보게 해주는 유일한 것이었다.

이렇게 내게 아름다운 나무는 많았지만, 그중에서도 살게 해주는 나무는 따로 있었다. 바로 살구나무였다. 살구란 말만 들어도 살고 싶었고, 살아있으니 "죽은 개" 같은 참담함이 있어도 향기로웠다. 삶을 교수대로 만들 것인가, 꿈을 채우는 침대로 만들 것인가. 삶의 의미를 묻는 질문이 붐빌 때 이 시는 영혼의 씨앗이 되어주기에 충분했다.

나는 시를 읽는 내내 과육의 욕망에 휘둘렸음에도 끝내 씨앗을 발견하는 사람의 아름다움을 보았다. 욕망과 손을 잡고도 어떤 시는 영혼부터 키우는 별자리를 만든다는 것을 알게 되었다.

문득 묻고 싶다. 결코 훼손되거나 죽지 않는 당신의 살구는 어디쯤 빛나고 있는지? 어느 죽은 가슴에도 두근두근 싹을 틔우고자 하는지?

하트＊어택

권누리

한 걸음 걸을 때마다 흰 발목 양말이
흘러내려요 걷다 멈춰 서고, 다시
그걸 반복해요 왼쪽이 그러면 오른쪽이 그러는 것처럼
나란히 무너지고 있거든요 내일이 그러나

이미 사랑하고 있답니다 사랑을
나에게 스스로 말할 용기는 없지만,

걸어가도 아무도 마주치지 않을 거예요
어차피 나는 천천히
타들어갈 텐데요 빛이 빛을 부수는 것처럼.

미안해하는 나를 상상하면

사랑하지 않을 수 있니?

물으면 나는 잘 모르겠고요

하지만 사랑에는 제법 재능이 있습니다

- 『한여름 손잡기』(봄날의책, 2022)

—한 번 더 사랑이 필요한 겨울

　스무 살, 가장 잘하는 것이 무엇이냐고 물으면 '사랑'이라고 답하곤 했다. 시를 사랑했고, 내가 쓴 시라면 아무런 뜻을 몰라도 마냥 외워주던 목단꽃 닮은 여인을 사랑했고, 세상의 어떤 고통도 사랑이라 주문 걸면 달달하기만 했다. 그렇다. 나도 사랑만큼은 제법 재능이 있는 사람이었다. 그러나 같은 재능을 가진 시인을 만나니, 그 아름다웠던 능력이 이젠 소멸되었음을 알겠다. 양말이 흘러내리는 것 같은 사소한 일에도 억장이 무너질 때가 있고, "사랑하지 않을 수 있니"라는 질문에 너무 많은 답을 해줄 수 있기 때문이다. 사랑은 설명 가능해지거나, 이유가 명확해질 때 그 능력이 소멸된다. 잘 모르고 그저 사랑이라고 여길 때에만 사랑의 능력을 지킬 수 있다.

　이미 소멸되어 어디에 있는지도 모르는 사랑이지만, 그럼에도 이 시는 천진한 사랑의 능력을 불러일으킨다. 맹목적인 사랑이야말로 어떤 믿음도 주지 않는 세상을 건너게 하는 힘이라고 가르쳐준다. 시 한 편 읽었을 뿐인데 왠지 사랑의 재능을 돌려받은 것 같다. 그 사랑으로 삼엄하고 차가운 이 세상을 어떻게든 한 번은 더 버텨낼 수 있을 것 같다.

당신이 다시 벚나무로 태어나

이명윤

수천 개의 고운 눈으로 나를 봤으면 해

사람들의 걸음마다 당신이 피어 있고

거리를 흐르는 노래 가사에도

당신의 이름이 있었으면 해

바람에 흔들려 툭, 어깨 위로

내려앉는 꽃잎이

당신이 행복해서 그만 무심코 떨어뜨린

한 방울 눈물이었으면 해

더 이상 사람들은

저녁 뉴스에 놀라지 않을 테고

아무도 찾지 않던 골목길 창가로

기웃기웃 가지가 안부처럼 뻗어 가겠지

당신은 세상에서 제일 큰 밥상을

공중마다 칸칸이 눈부시게 차려 놓고

아아, 배불러 터지겠다

우르르 몸을 비틀 때마다

세상이 큰 환호를 질렀으면 해

교복을 입은 아이들이 거리낌 없이

고독했을 당신의 등에 마구 기대어

봄날의 사진을 찍었으면 해

다시 벚나무로 태어나 당신은

당신을 하얗게 잊고

우리는 봄비처럼 아름답고 평화로운

당신의 엔딩을 가졌으면 해

- 『이것은 농담에 가깝습니다』(걷는사람, 2024)

―벚나무에 관한 세 가지 이야기

1.

사람만이 사람을 위로한다고 하지만, 때론 사람 아닌 것에 더 큰 위로를 받을 때가 있다. 나한테는 벚나무가 그랬다. 위로받고 싶을 때는 벚나무만 오래 들여다보았다. 사람이 아니라 오직 한 그루 벚나무에게 바치는 시간이 소중했다. 문득, 묻고 싶다. 세상에서 쓰러지기 쉬운 사람이 누구인지 아는가? 그것은 마음속에 올곧은 나무 한 그루가 없는 사람이다. 그 누구를 위해 옹이 같은 무릎을 내주지 않는 사람이다. 푸른 잎사귀를 틔어놓고도 타인의 소리에 귀를 열지 않는 사람이다. 그 누구도 그늘처럼 쉬게 하지 못하는 사람이다. 이 때문일까. 세상의 모든 나무는 사람이 아니지만, 사람답게 사는 법을 알려준다. 특히 벚꽃 흐드러지게 핀 나무를 만나면, 대화하지 않아도 꽃잎으로 내 지친 어깨에 날개를 달아주는 것 같다.

2.

이 시를 읽는 "당신"은 좋겠다. 사람이 아니라 "수천 개의 고운 눈"을 가진 벚나무로 태어나 이생의 고통을 하얗게 잊을 수 있으니. 저녁 뉴스를 보아도 놀라지 않고, 교복을 입은 아이들을 보고도 부끄럽지 않을 수 있으니. 함부로 죽는 목숨이 아니라, 봄비 맞으며 그저 "아름답고 평화로운 / 당신의 엔딩"을 맞이할 수 있으니. 다시, 당신은 좋겠다. 다음 생에는 벚나무로 태어나 비명이 아니라, "세상에서 가장 큰 환호"를 터트릴 수 있으니. 사람이 아니어서, 세상의 모든 슬픔을 거느리고도 꽃잎만을 떨굴 수 있으니.

3.

세상에 사람으로 오는 일이 얼마나 참혹한 일인지, 아예 아이를 낳지 않는 일이 아이를 지켜내는 일이라고 했다. 참사를 겪을 때마다 슬픔이 없는 세상으로 가 달라고 기도했다. 슬픔이 없는 세상이란, 사람으로 오지 않는 일. 어쩌다 사람이 사람의 지옥을 만들었나. 저 벚나무는 가만히 있어도 바람과 새를 부르고, 지친 사람의 어깨에 날개를 달아주고, 그늘처럼 쉬게 해주는데, 왜 사람은 지옥 그 자체가 되었나. 사람으로 오지 않는 일이 어쩌다 벚나무를 끌어안고 우는 일이 되었나.

귀가

언제부터인가 우리가 만나는 사람들은 지쳐 있었다

모두들 인사말처럼 바쁘다고 하였고

헤어지기 위한 악수를 더 많이 하며

총총히 돌아서 갔다

그들은 모두 낯선 거리를 지치도록 헤매거나

볕 안 드는 사무실에서

어두워질 때까지 일을 하였다

부는 바람 소리와 기다리는

사랑하는 이의 목소리가 잘 들리지 않고

지는 노을과 사람의 얼굴이

제대로 보이지 않게 되었다

밤이 깊어서야 어두운 골목길을 혼자 돌아와

돌아오기가 무섭게 지쳐 쓰러지곤 하였다

모두들 인간답게 살기 위해서라 생각하고 있었다

우리의 몸에서 조금씩 사람의 냄새가

사라져가는 것을 알면서도

인간답게 살 수 있는 터선과

인간답게 살 수 있는 시간을

벌기 위해서라 믿고 있었다

그러나 오늘 쓰지 못한 편지는

끝내 쓰지 못하고 말리라

오늘 하지 않고 생각 속으로 미루어둔

따뜻한 말 한마디는

결국 생각과 함께 잊혀지고

내일도 우리는 여전히 바쁠 것이다

내일도 우리는 어두운 골목길을

지친 걸음으로 혼자 돌아올 것이다

- 『부드러운 직선』(창비, 1998)

—오늘의 편지는 오늘 도착해야 한다

밥 한번 먹자는 말이 먹고살기 어렵다는 말일 수 있다. 바쁘다는 말이 지쳐 있다는 말일 수 있고, 괜찮다는 말이 그만 버티고 싶다는 말일 수 있다. 마음과 다르게 하는 말들이 쌓일수록 사람에게로 가는 길은 아득하다. 누구보다 사람을 위해 살아왔지만, 사람답게 살고자 할 때는 '사람의 냄새'를 잃고 난 뒤다.

이 시는 굳이 설명하지 않아도 우리에게 사랑할 시간은 '오늘'뿐이라고 말한다. 토닥토닥 등을 쓸어주는 언어로 "생각 속으로 미루어 둔 / 따뜻한 말 한마디"부터 건네라고 한다. 내일을 살기 위해 오늘이 있는 것이 아니라, 오늘을 살기 위해 내일이 있는 거라고 집으로 돌아오는 길을 함께해준다.

밥 한번 먹자는 사람이 있는가, 바쁘다 하면서도 괜찮다는 말이 먼저 나오는 사람이 있는가. 혹시 있다면 오늘만이 그 사람의 집이 되어주는 날이다. 오늘의 편지는 오늘 도착해야 한다.

시가 세상에 맞설 때

초판 1쇄 인쇄 2025년 3월 4일
초판 1쇄 발행 2025년 3월 24일

엮고쓴이 황종권
펴낸이 신의연
책임편집 이호빈
펴낸곳 마이디어북스
등록 2022년 4월 25일(제2025-000015호)
전화 070-8064-6056
팩스 031-8056-9406
전자우편 mydearbooks@naver.com
인스타그램 @mydear___b

ⓒ 황종권 2025
ISBN 979-11-93289-44-0 (03810)